KB103303

다 잘된 거야

TOUT S'EST BIEN PASSÉ
by EMMANUÈLE BERNHEIM

Copyright ⓒ Éditions Gallimard 2013
Korean Translation Copyright ⓒ Jakkajungsin Publishing Co., 2015
This Korean edition was published by arrangement with Éditions Gallimard
through Bestun Korea Agency Co., Seoul

EMMANUÈLE BERNHEIM

다 잘된 거야

Tout s'est bien passé

엠마뉘엘 베르네임 장편소설 | 이원희 옮김

작가
정신

파스칼에게

차례

일러두기

· 본문의 각주는 모두 옮긴이주입니다.
· 본문의 볼드체는 원서에서 이탤릭체와 대문자로 강조한 부분입니다.

"지금 갈게!"

휴대폰을 끊는다. 나는 재빨리 옷을 갈아입는다. 가방을 든다.

엘리베이터 버튼을 누른다. 아마도 1층에 멈춰 있는지 엘리베이터의 금속 문이 삐걱거리는 소리가 멀리서 들린다.

나는 걸어서 내려간다.

한 층, 또 한 층. 멈춰 선다. 이상하다. 양탄자 무늬가 뿌옇다. 계단이 보이지 않고 빨간색의 긴 띠만 보일 뿐이다. 넘어질 것 같다. 나는 난간을 붙잡는다. 주위가 온통 흐릿하다.

콘택트렌즈를 잊었다.

다시 올라간다.

오른쪽 렌즈. 손가락이 떨린다. 왼쪽 렌즈. 눈을 깜박인다. 이제 됐다. 보인다.

엘리베이터가 올라와 있다. 나는 1층 버튼을 여러 번 누른다. 어서, 어서!

빨간불인데 기다리지 않고 찻길을 건넌다. 대로를 향해 뛰어간다.

택시 정류장에 사람들이 줄을 서 있다.

한 번 갈아타도 지하철을 타고 가는 게 더 빠를 것이다.

교통카드 나비고* 삑, 자동회전 개폐문 통과.

나는 계단을 급히 내려간다.

전광판에 4분 후 도착이라고 쓰여 있다.

4분.

너무 늦게 도착할 것이다. 틀림없다.

시간을 벌어야 한다.

환승역 통로가 열차의 머리 쪽, 꼬리 쪽? 어느 쪽이더라?

나는 플랫폼에서 앞쪽으로 가다가 멈추고 다시 돌아온다.

기억이 나지 않는다. 구석구석 훤히 아는 노선인데.

---

* 파리의 버스·지하철 이용 티켓. 일주일권, 한 달권이 있다.

앞쪽인가, 뒤쪽인가?

어지럽다. 나는 플랫폼에 있는 의자에 앉는다.

진정. 숨을 돌린다.

숨을 깊이 들이쉬었다가 가능한 한 길게 내쉰다.

한 번 더.

훨씬 나아진다.

나는 휴대폰을 확인한다. 세 줄, 배터리는 충전되어 있다.

파스칼이 왜 다시 전화하지 않을까?

아, 기억난다. 환승역 통로는 열차 머리 쪽에 있다.

일어선다.

나는 열차의 첫 번째 차량이 멈추는 위치에 가서 선다.

구두 바닥으로 시각장애인을 위한 점자 안전 블록의 둥글고 딱딱한 돌출부가 마치 맨발인 것처럼 분명히 느껴진다.

동생이 다시 연락하지 않는 것은 걱정할 일이 일어나지 않아서일 수도 있다.

아버지는 아마 피로로 인한 혈압 저하, 그 이상은 아닐 것이다.

전광판 숫자가 깜빡이며 '01'에서 '00'으로 바뀌고 열차가 도착한다.

나는 덩치 큰 남자 옆에 앉는다.

지하철 신호음, 열차의 문들이 닫힌다.

옆의 남자가 이내 커다란 파리 시내 지도를 펼친다. 남자는 나에게 지도에서 현재 위치를 가리켜달라고 영어로 말한다.

도톰한 광택지 지도가 내 무릎 위에 펼쳐진다. 나는 우리가 탄 지하철 노선에 손가락을 올린다.

지도의 밑에서부터 위까지 관통하는, 장밋빛 스파게티 같은 긴 선이 교차하며 만들어내는 바둑판무늬가 크고 작은 묘지와 십자가처럼 보인다.

땡큐.

지하철이 속력을 내고 있었다.

나는 눈을 감는다.

열차가 진행하는 방향을 향해 앉았어야 하는데.

열차가 흔들리고 내 몸이 흔들린다.

배 속에서 뭔가가 뒤틀린다.

일고여덟 살 때쯤 아버지의 차 뒷좌석에 앉아 있었다. 길을 안내하라는 아버지 말에 나는 우쭐해서 처음으로 교통지도를 열심히 들여다봤다.

나는 어렸고 몸무게가 가벼운 데다 시트로엥 DS의 좌석은

탄력과 탄성이 강해서 자동차 문의 손잡이를 꽉 붙잡고 있어도 트램펄린 위에서처럼 몸이 텅겨 올랐다. 지도에는 노란색, 빨간색, 흰색 도로들이 섞여 있었다. 그럼 좌회전이야, 우회전이야? 나는 알 수가 없었다. 아버지가 짜증을 내면서 거칠게 운전했다. 나는 멀미가 났다. 아버지는 차를 빨리 세워야 했다. 아버지가 갑자기 브레이크를 밟았고, 몸을 휙 돌리고는 내 손에서 지도를 빼앗았다.

내가 갓길에서 토하는 사이 아버지의 콧노래가 들렸다.

바스락거리는 소리에 나는 눈을 뜬다.

지도의 가장자리, 파리 서쪽이 내 허벅지를 건드리고 있다.

나는 넓은 불로뉴 숲을 본다. 파란 호수처럼 반짝이는 초록색 점이 갑자기 눈빛같이 보이고, 나와 같은 리듬으로 살아 숨 쉬는 것처럼 느껴진다.

자리에서 벌떡 일어나 미안하다고 말하며 사람들을 헤치고 나간다.

입안에 침이 고인다. 나는 손바닥으로 입을 막는다.

내려야 한다.

다음 역에서 내려 택시를 탈 것이다. 택시가 없으면 걸어서 갈 것이다. 아무튼 빨리 나가야 한다.

열차 유리문 아주 가까이에 섰고, 내 입 높이의 유리에 희뿌연 김이 서린다.

열차가 삐걱거리면서 제동을 거는 소리, 점점 밝아지는 터널, 역이 가까워지고 있다.

열차 문의 걸쇠를 잡는다. 내가 제일 먼저 내릴 것이다.

열차가 갑자기 덜컹거려 내 코가 유리문에 부딪힌다.

아야.

수직 손잡이를 꽉 붙잡고 접이의자에 앉는다. 콧구멍, 연골, 콧대, 나는 코를 만져본다. 아프지만 깨지지 않은 건 확실하다.

열차의 차가운 벽면에 몸을 기댄다.

열차가 멈췄다. 내리고 오르는 사람들. 나는 움직이지 않는다.

멀미가 사라졌다.

열차가 다시 출발한다.

이번에는 열차가 진행하는 방향으로 서 있다. 흔들림이 사뭇 부드럽다.

휴대폰을 꺼낸다. 터널을 통과하는 사이 배터리는 두 줄로 줄어들었다.

무슨 일이 일어났으면 파스칼이 전화했을 것이다.

나는 거의 점처럼 작아진 두 개의 줄을 잠시 응시한다. 휴대폰 화면이 꺼진다.

　시커멓다.

　무릎을 탁 치는 충격에 나는 깜짝 놀란다. 여행용 가방에 부딪힌 것이다. 역이 몇 개 지나갔다. 내가 모르는 사이에 열차에 승객이 가득 차 있다. 깜빡 졸았던 모양이다.

　나는 일어난다. 접이의자가 접힌다.

　갑자기 코가 화끈거린다. 코가 이렇게 뜨겁다면 빨개졌을 것이다. 그리고 부었을 것이다.

　가방 안에 거울이 없다. 아까 집에서 급히 나오느라고 가방에 아무것도 챙겨 넣지 않았다.

　수직 손잡이의 금속에 얼굴을 비춰본다.

　크롬을 입힌 원통 손잡이 표면에 크고 못생기게 일그러진 코가 비친다.

　나는 미소 짓는다.

　내가 처음으로 텔레비전 방송에 출연한 뒤 아버지가 전화를 했다. 아버지는 축하해주면서 내가 코 성형수술을 하겠다면 **기꺼이** 수술비를 내주겠다고 덧붙였다.

환승역 통로에 제일 먼저 들어선다. 저기 오른쪽, 음료 자판기에서 풍기는 커피 냄새. 나는 거의 뛰어간다. 오늘 아침, 아무것도 먹을 시간이 없었다. 동전이 있다.

커피, 롱, 쉬크레.*

커피가 뜨겁다. 조금 이따 마실 것이다.

열차가 도착한다. 나는 자리에 앉는다.

주위를 둘러본다. 반바지 차림의 남자들, 민소매 차림의 여자들. 나는 이제야 알아차린다. 헐레벌떡 손에 잡히는 대로 긴소매 검정 스웨터를 입었다는 걸.

너무 덥다.

게다가 김이 올라오는 커피를 보고 있노라니 더욱 덥게 느껴진다.

얍, 나는 단숨에 커피를 마신다.

종이컵이 비워질수록 내 온몸─입, 식도, 위, 다리까지─이 뜨거워진다.

인조가죽으로 된 의자에 앉은 나는 땀이 난다.

내 옆자리에 앉은 여자가 갑자기 일어난다.

---

* 커피 자동판매기에서 롱(Long)은 연한 맛, 쉬크레(Sucré)는 달콤한 맛을 의미한다.

내 몸에서 나는 땀 냄새 때문인가?

축축해진 휴대폰이 손에서 미끄러진다.

동생은 전화하지 않을 것이다. 왠지 그럴 것 같다.

전화로 알리지 못할 일이 있는 것이다. 전화를 걸었지만 그저 휴대폰을 귀에 바짝 붙인 채 허공에 대고 입술만 달싹거릴 뿐 말이 나오지 않을 만한 그런 일이.

동생은 내가 오길 기다리고 있다. 나를 만나기 위해 응급실 복도로 나온 동생을 보게 될 것이다.

동생은 굳이 말할 필요가 없을 것이다. 동생이 고개를 약간 숙이고 슬픈 미소를 지으면 나는 알아차릴 것이다.

나는 두 팔을 벌려 마른 동생을 꼭 끌어안을 것이고, 우리는 함께 눈물을 흘릴 것이다.

자리에서 일어난다.

터널이 밝아진다. 열차 안으로 햇빛이 쏟아져 들어온다.

지상으로 연결되는 철로.

마침내 자유로운 공기.

완만한 곡선, 지하철이 초가을 단풍이 든 플라타너스 사이를 달리고 있다.

이제 역은 두 개 남았다.

대로에 이어 작은 거리, 그리고 또 다른 거리를 지나고 또 한 번 대로를 건넌다. 거의 다 왔다.

포부르생자크 거리로 들어선다.

300미터쯤 되는 보도를 따라 개머루와 담쟁이덩굴로 덮인, 은빛이 도는 긴 회색 돌담이 있고, 담 너머로 아름드리나무의 높은 가지들이 삐죽 나와 있다. 거기서 소란스럽게 지저귀는 새소리가 들린다.

미풍이 분다.

바람이 스웨터의 성긴 틈으로 파고들어 내 살갗을 간질인다.

눈이 감긴다.

나는 햇살이 머문 따뜻한 벽에 등을 기댄다.

먼지투성이의 꺼칠꺼칠한 돌 표면에 대고 손가락들을 벌린다.

그렇게 서서 움직이지 않는다.

멀리서 사이렌 소리가 들린다. 소리가 점점 가까워진다.

소리가 커진다. 소리가 요란해지는 사이 앰뷸런스 한 대가 내 바로 앞을 지나갔다.

새소리가 그친다.

정신 차려.

파스칼은 대기실에 앉아 휴대폰을 쥐고 문자메시지를 보내고 있다.

나는 동생을 껴안는다. 동생에게서 좋은 냄새가 난다.

어머니의 간병인은 동생에게 연락했다. 간병인이 아침에 일어나보니 아버지가 일어나지 못했다고 한다. 아버지의 몸 오른쪽이 죽은 것처럼 꼼짝하지 않았다. 그리고 말을 가까스로 하는 정도였다.

파스칼은 긴급 의료구조대에 연락해놓고 부모님 집으로 달려갔다.

구조대는 신속하게 도착했고, 아버지를 즉시 이곳으로 이송했다. 파스칼은 자기 차로 앰뷸런스를 따라왔다.

여기까지가 동생이 알고 있는 전부였다.

기다려야 한다.

한 노인이 일렬로 붙인 의자에 가로누워 자고 있다.

이따금 네온 불빛이 깜박거린다.

은퇴한 노인들을 위한 낡은 잡지 몇 권만 달랑 있을 뿐 읽을 만한 것이 없다. 신문을 사러 병원 입구로 나갈 수도 있지만 파스칼도 나도 움직이지 않았다.

우리는 응급실의 불투명한 플라스틱 칸막이에 시선을 고정한 채 기다린다.

이따금 칸막이가 벌어지고 의사, 간호사, 스트레처카(환자 운반용 이동 침대)가 들락거린다.

회색과 베이지색 타일 바닥.

길다.

동생은 목이 드러나는 얇은 셔츠를 입고 있다.

거기에 얼굴을 묻으면 나는 동생의 냄새를 맡을 수 있을 것이다.

마침내 우리를 찾는 소리가 들린다.

의료기구들이 잔뜩 연결된 커다란 방 안에 홀로 누워 있는 아버지가 아주 왜소해 보인다.

아버지는 우리를 보자마자 몸을 일으키려고 한다. 왼팔이 침대의 금속 사이드레일 쪽으로 움직인다.

뇌파 검사도구 일렉트로드 밑의 피부는 구릿빛이다. 아버지는 며칠 전 이탈리아 이스키아 섬에서 돌아왔다.

아버지가 덜덜 떤다.

파스칼이 담요를 가지러 나간다.

우리는 침대 양쪽에 서서 담요로 아버지를 덮어준다.

아버지는 어떻게 된 건지 모르겠다고 되뇌고 있다.

아버지가 힘겹게 말한다. P자를 발음할 때마다 침이 나오고 입술에서 거품이 터진다.

아버지는 카테터*가 삽입된 왼손으로 오른팔을 들다가 힘없이 내린다.

아버지는 우리에게 가라는 손짓을 한다.

우리가 있는 걸 원치 않는 게 확실한가?

고집부려봐야 아무 소용없다.

아버지가 눈을 감는다.

움직여지지 않는 오른손은 손바닥을 드러내고 있다. 마치 뒤집힌 거북처럼 보인다.

나는 나가기 전에 아버지의 손을 손등이 보이도록 돌려놓는다.

---

* 체내에 삽입하는 의료기구로, 관 모양으로 되어 있다.

분주하게 움직이는 의사들, 붙잡고 물어볼 의사가 없다. 한 간호사가 뇌혈관 사고 같다고 말한다. 자세한 것은 나중에 알게 될 것이다.

아버지는 오후에 생탄 병원 신경과로 이송되었다.

파스칼이 먼저 간다. 나는 나중에 갈 것이다.

아버지는 화가 나 있다. 2인 병실, 다른 침대에 한 **노인**이 누 워 있다. 게다가 먹을 것을 하나도 주지 않아서 아버지는 배가 고파서 죽을 지경이다.

나는 아버지가 말하는 것이 한결 좋아졌다고 말한다.

아버지는 입을 다물어버린다.

내가 나가서 케이크 사 올게요.

케이크는 안 된다. 염분 때문에.

부드러워 보이는 검은 빵에 훈제연어와 흰 치즈, 산파를 넣 은 샌드위치를 골랐다.

나는 아버지의 왼손에 샌드위치를 쥐여주고 힘없는 손가락 들을 오므려주어야 했다.

아버지는 이내 두툼한 샌드위치의 한가운데를 깨문다.

아주 맛있는 샌드위치.

가을 햇살에 병실이 환하다. 생탄 병원의 정원에서 뛰노는 아이들 소리가 들린다.

토요일이라는 걸 잊고 있었다.

아버지는 눈을 반쯤 감고 점점 더 천천히 씹어 먹는다. 이윽고 아버지의 손이 내려간다.

나는 아버지의 입을 닦아주고 샌드위치를 머리맡 탁자에 올려놓는다.

아버지는 잠들었다.

아버지가 자고 있을 때 방사선실로 데려가려고 간호조무사들이 왔다. 그들은 아버지를 깨우지 않고 침대를 병실 밖으로 밀고 나가 엘리베이터로 향했다.

땡, 엘리베이터 문이 닫힌다. 아버지의 모습이 사라진다.

나는 잠시 층계참에 꼼짝 않고 서 있다.

10년 전, 아버지가 관상동맥 조영술을 받으러 갈 때 나는 간호조무사에게 고정된 아버지의 시선을 보고 깜짝 놀랐다. 아버지와 내 시선이 마주쳤고, 우리는 웃음이 터졌다.

외과 수술실의 자동문을 통과한 뒤에도 아버지의 웃음소리가 들렸다.

검사는 오래 걸릴 것이다. 여기서 기다리고 있을 필요가 없다. 간호사가 알려줄 것이다. 파스칼이나 나에게.

나는 병실로 돌아갔다. 남은 샌드위치를 랩으로 다시 싸서 핸드백에 넣었다. 샌드위치는 나중에 버릴 작정이었다. 병원 밖에서. 옆 병상의 노인이 욕실에서 나왔다. 나는 노인이 침대에 눕는 걸 도와주었다. 노인이 실내화를 벗었다. 노인의 발은 보라색이었다.

노인은 뇌혈관 장애로 입원해서 회복 중인 환자였다. 말은 정상적으로 했고, 움직이는 것도 문제가 없었다. 다만 아직 기력이 없을 뿐이었다.

이 노인의 얼룩덜룩한 살빛이 정상으로 돌아온다면 아버지도 분명히 회복될 것이다.

아버지는 폐혈전, 비장 절제, 늑막염 때문에 관상동맥 수술을 받은 뒤에 걸린 병원내감염을 떨쳐냈다. 심지어 총의 개머리판에 머리를 맞는 습격을 받아 머리가 깨진 채 텅 빈 도로에 하룻

밤 쓰러져 있는 중상을 입고서도 늘 그렇듯 거뜬히 이겨냈다.

그리고 회복이 거의 되었다 싶으면 매번 가능한 한 먼 곳으로 여행을 떠났다.

열흘, 보름, 때때로 3주가 지난 후 아버지는 얼굴에 살이 오른 건강한 모습으로 여행에서 돌아왔다.

좀 전에 아름다운 오후 햇살을 받으며 누운 아버지, 노란색 환자복이 아버지의 구릿빛 피부를 두드러져 보이게 한다.

이번에도 아버지는 회복할 거라고 나는 확신한다.

버스 정류장에서 나는 교통카드를 꺼내려고 가방을 뒤진다. 손가락에 닿은 매끈하고 물렁한 샌드위치. 여기서 팔을 뻗으면 파리의 밝은 초록색 쓰레기통에 샌드위치를 버릴 수 있다. 하지만 나는 움직이지 않는다.

집으로 돌아온 나는 샌드위치를 냉장고에 넣었다.

파스칼이 저녁 늦게 전화했다.

동생은 방금 인턴을 만났다. 검사 결과는 뇌경색과 뇌경동맥류 이상.

그게 무슨 뜻이야? 치료가 되는 거래?

경과를 지켜봐야 한다. 자세한 건 내일 알 수 있다.

기다리는 동안 잠을 자둬.

너도.

허혈, 실어증, 운동장애, 언어장애, 반신마비, 오른쪽 마비, 좌뇌엽, 나는 혼란스럽고 말이 나오지 않는다. 컴퓨터를 껐다.

눈이 따갑다. 깜박거리기만 해도 아플 정도로 눈이 건조하다.

나는 욕실로 뛰어간다.

새벽 4시. 콘택트렌즈를 20시간 가까이 끼고 있다. 너무 오랜 시간이다.

콘택트렌즈를 빼려고 했지만 마른 각막에 딱 달라붙어 있어서 렌즈가 잡히지 않았다.

이대로 있을 수는 없다.

안약이나 생리식염수를 찾으려고 수납장을 뒤진다.

마침내 조그만 유리병을 찾았다.

나는 머리를 젖히고 눈꺼풀 가장자리에 인공눈물을 하나, 둘, 셋, 넷, 다섯 방울 떨어뜨린다.

아버지는 잠을 잘 자지 못했다. 아버지는 자신이 어디에 와 있는지 몰랐다. 너무 무서웠다. 아버지는 잠결에 소리를 크게 질렀다고 생각한다.

보라색 발의 노인이 나를 안심시켰다. 아버지가 한두 번 중얼거리는 소리를 들었는데 그게 다였다고.

야간 근무 간호사들은 비정상적인 징후는 전혀 없었다고 말했다.

주치의를 보좌하는 어시스턴트가 작은 사무실에서 파스칼과 나를 맞았다. 아주 젊고 아주 마른 남자였다. 우리는 접이의자에 앉았다.

어시스턴트는 회색 진료기록을 펼치고 훑어본다. 길게 이어지는 뾰족뾰족한 그래프. 아버지의 심전도가 틀림없다. 그리고 광택지에 인화된 푸르스름한 뇌 사진.

젊은 남자가 한숨을 쉰다.

아침에 회진했을 때 오른쪽 신체 마비로 인한 운동장애 악화로 확인되었다.

게다가 전두엽 대뇌피질이 손상되어 있었다.

그게 무슨 뜻이에요?

발성, 그리고 씹는 것과 삼키는 것 같은 일차 운동에 관여하는 뇌의 부분을 말하는 겁니다.

이 말은 환자, 내 아버지가 머지않아―몇 시간, 하루, 최대 이틀 후―말을 하지도 음식을 먹지도 못할 거란 뜻이다.

회복할 수 없는 건가요?

어시스턴트가 일어났다.

며칠 이내에 결정이 날 겁니다. 하지만 아버님의 연세―88세―와 병력을 생각하면…….

어시스턴트가 상냥하게 미소를 짓는다.

아시겠지만 깜짝 놀랄 기적이 일어나기도 합니다.

파스칼의 얼굴이 창백해진다. 나는 동생의 어깨에 팔을 두른다.

젊은 남자는 기다리고 있다. 방이 아주 좁아서 우리가 의자를 접지 않으면 문을 열 수 없다.

클로드요?

아버지는 아내를 보고 싶어 했다. 우리 어머니.

걱정하지 마세요. 조금 이따 우리가 가서 어머니를 모시고 올게요.

네 어머니가 어지간하면.

아버지는 용케 미소를 짓는다. 거의 웃는 얼굴이 될 정도로.

어머니는 파킨슨병에 이어 수년 전부터 심한 우울증까지 앓고 있다.

우리가 산책을 나가자, 밖에서 점심을 먹자, 어디 구경하러 가자, 하면 어머니는 늘 이렇게 대답한다. 내가 어지간하면.

어머니가 그럴 때마다 아버지는 웃었다.

다니엘, 미슐린, 알리스, 앙리, 로진…… 아버지가 연락해야 할 친지들의 이름을 말한다.

아버지는 외우고 있는 전화번호를 말해주려고 했다.

"01…….'

아버지가 눈살을 찌푸리면서 손을 이마에 가져간다.

아버지는 01을 되뇐다.

그것이 아버지가 기억하는 전부였다. 01.

아버지는 한숨을 길게 내쉰다. 입을 반쯤 벌린 채 이마에서 손을 내린다.

아버지가 눈을 감는다.

네 아버지는 머리가 나쁜 사람이 아냐.

내가 어머니의 한 팔을 잡고, 간병인 실비아는 다른 팔을 잡았다. **왼발, 오른발.** 우리가 병실을 나오고, 파스칼과 아이들이 들어갔다. 우리는 천천히 대기실을 향해 걸어갔다. 기둥과 복도 사이에 유리문을 낸 네모난 대기실, 양옆으로 바닥에 고정시킨 의자들이 줄지어 있고, 한가운데에 낮은 탁자, 그리고 구석구석에 화분이 놓여 있다.

나이 든 부부와 아주 젊은 남자 한 명이 문 맞은편에 앉아 있다. 세 사람 모두 눈이 빨갰다. 나는 좀 전에 아버지의 옆 병실, 움직이지 않는 긴 형체의 머리맡에 서 있는 그들을 봤다.

어머니는 약을 먹어야 한다며 집으로 가고 싶어 한다. 간병인 실비아가 어머니 눈앞에 작은 약통을 흔들어 보였다. 약을 가지고 나온 것이다. 부인, 이거 보이시죠?

어머니가 꼿꼿한 자세로 앉아 있다.

실비아는 낮은 탁자 위에 놓인 크로스워드 퍼즐 잡지를 집어 들었다.

실비아가 잡지를 훑어보면서 구시렁거린다. 바둑판무늬 칸들이 이미 모두 채워져 있었다. 페이지마다 연필이나 빅 볼펜으로 쓴 다양한 글씨체.

화분 식물의 한 가지에 매달린 낡은 크리스마스트리 방울 하나가 반짝거린다.

7년 전, 아버지가 관상동맥 조영술을 받은 뒤 병원내감염으로 고생하고 있을 때였다. 나는 12월 31일 저녁에 아버지를 만나러 갔다. 피티에 살페트리에르 병원이었다. 병원이 온통 크리스마스트리 장식으로 번쩍거렸다. 하지만 아버지가 누워 있는 소생실에는 생명유지 장치의 모니터에 나타나는 빨강, 하양, 초록 불빛뿐이었다.

나는 너무 덥다.

마실 것 좀 가져올까요?

어머니는 대답하지 않는다. 어머니가 정면을 응시하고 있다.

실비아도 눈을 감은 채 움직이지 않는다.

나이 든 부부와 젊은 남자는 얼어붙은 것 같다.

아무 소리도 나지 않는다. 아무런 기척도 없다.

나는 숨을 죽인다.

고요.

이 정적에 나는 차츰 감각이 없어진다. 제일 먼저 다리가 마비된 것 같더니 점점 위로 올라온다.

갑자기 시선이 느껴진다.

복도는 텅 비어 있고, 여기 대기실에는 나를 쳐다보는 사람이 아무도 없는 것 같다.

아니었다.

크로스워드 퍼즐 잡지는 가운데 페이지가 펼쳐진 채 실비아의 무릎 위에 놓여 있었다.

커다란 바둑판무늬 퍼즐 판에 삽화로 들어간 사진 속, 마다가스카르 여우원숭이의 동그란 얼굴과 왕방울만 한 노란색 눈들이 나에게 미소 짓고 있다.

이번에는 내가 미소를 지어 보인다.

그리고 나는 기지개를 켠다.

실비아가 소스라치게 놀란다.

어머니가 움직인 것이다. 내 약.

젊은 남자가 조그맣게 코를 고는데 축축함이 느껴지는 이상한 소리를 냈다. 부부가 젊은 남자 쪽으로 고개를 돌렸다. 실비아는 낡은 잡지를 덮고 탁자에 내려놨다.

노에미와 라파엘이 할아버지의 병실에서 나왔다.

아이들이 운다.

나는 조카딸을 꼭 안아준다. 노에미의 흐느낌이 온몸으로 전해진다. 불과 며칠 전, 우리는 아버지와 함께 노에미의 열한 살 생일 파티를 했다. 나는 조카딸을 더 꼭 안아준다. 부드러운 머리를 쓰다듬는데 세범 샴푸 냄새가 은은하게 풍긴다. 울음이 그칠 때까지 우리는 그렇게 부둥켜안고 있을 것이다. 갑자기 내 손이 조카딸의 등을 따라 미끄러지다 엉덩이에 걸려 흔들거린다. 나는 다시 손을 올린다. 이번에는 조카딸의 손에 스친다. 노에미가 자지러지게 웃는다. 노에미는 어깨, 팔, 허리에 밀착된 물렁한 것에서 벗어나려고 애를 쓴다.

쉿!

파스칼이 옳다. 우리가 너무 시끄럽게 하고 있다. 조카딸과 나는 계단을 급히 내려가고, 리놀륨 타일에서 신발 바닥이 삑삑거린다.

노에미는 내 손을 잡고, 나는 노에미의 손을 잡고 알레시아 거리로 뛰어나갔다.

어머니는 앞좌석에, 실비아와 아이들은 뒷좌석에 앉았다.

나는 멀어져가는 파스칼의 빨간 차를 바라본다. 빨간 차가 사라진다.

이날 늦은 오후, 아파트는 불빛으로 환하다.

나는 로스앤젤레스로 전화를 건다. 예정대로 움직였으면 세르주가 이미 뉴욕을 떠났을 것이다.

일찍 돌아갈까?

내가 잡고 있는 창문 손잡이가 거의 따뜻하다.

아니, 그럴 필요 없어. 괜찮을 거야.

세르주가 전화를 끊었고, 침묵이 흐른다.

나는 플레이어에 레코드를 걸 것이다. 아버지가 자주 연주하는 브람스의 피아노를 위한 소나타, 첫 소절을 들을 때마다 천둥 치는 비바람이 연상되었다. 젊었을 때 아버지는 피아니스트가 되고 싶었지만, **생활비를 끊어버리겠다**는 내 할아버지의 협박으로 꿈을 접어야 했다.

어머니는 아버지와 함께 콘서트에 갔을 때 아버지가 이따금 우는 소리를 들었다고 나한테 얘기했다. 어머니는 오랫동안 그것이 벅찬 감동 때문이라고 생각하다가 마침내 그것이 미련 때문이라는 걸 알아차렸다.

CD는 두 줄로 정리되어 있다. 클래식 음악은 뒤쪽에 있다. 클래식 레코드를 꺼내려면 재즈와 록 CD를 옮겨야 한다.

줄리어스 캐천이 연주하는 브람스의 피아노 솔로 작품집은 아직 포장지를 뜯지도 않았다.

그렇지만 나는 이미 그 곡들을 들었다고 생각한다.

세 곡의 피아노 소나타, 뭐였더라? 소나타 제1번 C 장조, 소나타 제2번 F# 단조, 소나타 제3번 F? 단조인지 장조인지 기억이 안 난다.

나는 어렸을 때 아버지에게 피아노 레슨을 받았다. 아버지 앞에서 연주를 하기까지 몇 달, 아니 1년쯤 걸렸다. 이제는 무슨 일이 있었는지 기억나지 않지만, 연주한 다음 날 나는 열이 40도 이상까지 올랐다.

나는 오래 앓아누웠다.

그 뒤로는 피아노를 건드리지도 않았다.

잠시 브람스의 하얀 수염과 데카의 파란색과 빨간색 로고를 응시한다.

레코드 케이스는 여전히 개봉되지 않은 채로 록과 재즈 뒤쪽, 선반 깊숙한 곳의 제자리로 돌아간다.

월말이다. 어머니의 간병인과 가사도우미 월급을 줘야 하고, 각종 세금과 아파트 관리비를 내야 한다.

아버지가 늘 이 모든 것을 관리했다.

어머니 상태는 수표에 숫자를 겨우 쓰는 정도이다.

어머니는 병이 나면서 글씨가 점점 삐뚤삐뚤해져서 사인이 매번 달랐다. 이따금 숫자를 혼동할 때도 있다.

아버지는 이 일을 우리에게 맡긴 적이 없었다. 아버지는 아예 그런 생각을 해보지도 않은 게 틀림없다.

나는 부모님의 은행에 연락했다. 은행원은 병원 방문을 거부했다. 이런 경우는 공증인이 작성한 위임장이 있어야 한다면서.

파스칼이 공증인을 만나 약속을 잡았다. 공증인은 내일 늦은 오후에 병원으로 올 것이다.

보라색 발의 노인이 배려하는 마음에서 자리를 비켜준다.

공증인은 심한 사시였고, 두꺼운 안경알 너머 확대된 두 눈이 커다란 개구리를 연상시켰다.

아버지는 귀가 잘 들리지 않는다. 반복해서 말해야 한다. 이제는 사람들이 말을 알아듣지 못해서 아버지는 신경질을 부린다.

공증인이 귀머거리를 대하듯 아버지의 귀에 대고 소리를 지른다.

파스칼과 나는 눈이 마주쳤다. 우리는 동시에 후닥닥 병실을 나왔다.

복도에서 우리는 웃음이 터졌다.

어머니도 위임장에 서명해야 했다.

우리는 공증인의 메르세데스 벤츠에 올라탔다.

공증인이 앞창 쪽으로 얼굴을 쭉 빼고 핸들을 꽉 잡은 채 속력을 냈다.

우리는 열쇠가 없었다. 야간 간병인 안니가 문을 열어주었다.

주방에서 새어 나오는 불빛이 유일했다. 아파트가 어둠에 잠겨 있다. 부모님은 당신들이 있는 방을 제외한 다른 방들에는 절대 전등을 켜놓지 않는다.

타임스위치가 어디 있더라? 우리는 더듬거렸다. 파스칼도 나도 이 아파트에서 산 적이 없다.

어머니가 주방의 식탁 의자에 앉아서 꼼짝하지 않았다.

어머니는 아직 저녁 식사를 하지 않았다. 하얀 알약 두 개와 파란 알약 반 개가 어머니 앞에 놓여 있다.

공증인이 설명하는 사이 어머니의 시선은 약에 고정되어 있다.

위임장을 쓰기에 좋은 날. 오늘 저녁 어머니의 글씨는 똑바르고, 사인도 흔들리지 않았다.

우리가 나갈 때 어머니는 일어나려고 했다. 우리를 배웅하기 위해서가 아니라 전등을 끄기 위해서다.

나는 레스토랑에서 친구들을 만났다.

레스토랑은 아담하고, 조명이 밝았다.

와인에서 장미 향이 난다.

웨이터가 테이블 위에 두껍게 자른 빵과 버터, 소시지를 내려놨다.

언제부터 아무것도 먹지 않았지?

나는 술을 너무 많이 마셨다. 애드빌 두 알을 삼키고 침대에 대각선으로 몸을 던진다. 그리고 세르주의 베개에 얼굴을 묻는다.

나는 파스칼과 동시에 도착했다.

아버지는 깨어 있고, 약간 흥분한 상태다.

아버지는 우리에게 하고 싶은 말이 있다. 중요한 말이다.

우리는 침대 양쪽에서 아버지 쪽으로 몸을 숙이고 이야기를 듣는다.

아버지의 얼굴에 경련이 일어난다. 점점 말이 잘 나오지 않는다.

만약…….

만약에 뭐요?

만약…….

만약 나에게 망치가 있다면. 문득 상송 가사가 떠오른다. 내가 어렸을 때 아버지는 항상 노래 가사로 나를 놀렸다. 해마다 내 생일이 다가오면, 아버지는 생일 파티에 아무도―사촌들도, 친구들도―오지 않을 거라고 말했다. 그러고는 노래를 불렀다.

나는 혼자 있을 거야

내 생일에

아버지, 어머니, 여동생만

있을 거야

오 오 행복할 거야

그리고 내가 파티에 나타나면 아버지는 말했다. 내가 잘못 생각한 거라고, 내가 오해한 거라고, 나를 기다리지 않았다고.

그 뒤로 나는 내 생일, 다른 사람들의 생일이 두려웠다.

"만약 나에게……."

아버지에게 무슨 일이 생기면.

장례에 관해 적어놓은 유언장이 아파트 금고 안에 있다. 봉투 안에.

아버지는 우리에게 그 봉투를 찾아오라고 했다.

"당장 가서."

하지만 우리는 금고 비밀번호의 숫자 조합을 모른다.

숫자 세 개는 우리 생일과 어머니의 생일이다. 숫자 세 개와 다이얼 세 개. 밑에 있는 다이얼은 건드리지 말아야 한다.

1, 6, 그리고 13. 금고를 열 수 있을 것이다.

아버지가 설명해주다 지쳐서 눈을 감는다.

금고가 열리지 않는다.

우리는 작은 금고 앞에 쭈그리고 앉는다.

내가 다이얼의 톱니를 왼쪽으로 한 번 더 돌린다.

13. 찰칵.

여전히 열리지 않는다.

"비켜봐."

이번에는 파스칼이 시도한다.

동생은 얼굴이 빨개진다. 나는 얼굴이 달아오른다.

둘이서 도둑질을 하는 기분이다. 이러다 경보기가 울리면 우리는 도망칠 시간도 없을 것이다.

어머니가 주간 간병인 필리프와 산책을 하고 돌아올 시간이다. 현관문이 쾅 하고 닫힐 때 우리는 벌떡 일어난다. 무슨 큰 잘못을 저지르다 들킨 것처럼.

한두 번 더 시도한 끝에 파스칼이 성공했다.

아버지가 문 쪽으로 얼굴을 돌리고 우리를 기다리고 있었다.

우리는 아버지 앞에서 봉투를 뜯었다. 몇 줄이 적힌 종이 한 장.

아버지는 엘뵈프*의 지하 가족묘지에 묻히길 원한다.

"엄마와 함께 몽파르나스 묘지에 묻히고 싶지 않은 거 확실해요?"

아버지가 얼굴을 찌푸린다. **절대로 싫다. 네 엄마의 끔찍한 부모가 묻힌 곳은 싫어.**

우리는 계속 읽었다.

아버지는 특별한 장례식을 원치 않는다. 사망한 근친을 위해 드리는 기도 카디시로 충분하다면서.

---

* 프랑스 북서부 오트노르망디주에 있는 도시.

아버지가 손을 흔든다. 뭔가 덧붙일 말이 있는 것이다.

영구차가 출발하기 전 장지까지 따라가지 않을 사람들이 참석할 수 있게 파리에서 카디시 기도를 드리는 것으로 충분하다.

이게 다였다.

아버지의 얼굴이 펴진다. 거의 미소를 짓는 것 같다.

내 딸들아.

주치의는 접이의자들이 놓인 사무실에서 우리를 맞았다. 여의사였다.

회색 진료기록이 두툼했다. 주치의가 기록을 훑어보고 있다. 그녀의 숨결에 따라 가슴에 단 빨간 배지가 오르락내리락한다.

우리는 기다린다.

내 의자가 건들거린다. 의자 다리에 끼우는 고무 하나가 없다. 접착제가 약간 남아 있어서 움직일 때마다 쩔꺽, 쩔꺽, 의자 다리가 바닥에서 떨어지는 소리가 났다.

주치의가 진료기록을 밀어냈다.

"결과가 좋지 않습니다. 게다가 뇌경색과 뇌경동맥류……."

주치의 목소리가 멀어져간다. 내 몸이 앞뒤로 흔들린다. 쩔꺽, 쩔꺽.

정맥 혈전증, 폐혈전. 내 귀에 들리는 말.

"그만."

파스칼의 손이 내 허벅지를 잡는다. 나는 더 이상 움직이지 않는다.

주치의는 회색 진료기록을 덮는다.

"지금으로서는 더 이상 해줄 수 있는 말이 없습니다."

나는 다리가 뻣뻣해져서 일어설 수가 없다.

나는 파스칼의 빨간 차에 오른다. 동생은 시동을 걸고 CD 플레이어를 켰다.

현을 위한 4중주. 베토벤?

동생은 운전을 잘한다. 나는 다리를 폈다. 우리가 앉은 좌석 사이에 조금 마신 광천수 한 병이 있고, 글러브박스 안에는 껌한 통과 무설탕 사탕 몇 개가 있다.

차들이 잘 빠지니까 나는 곧 집에 도착할 것이다.

파스칼에게 속도를 늦추고 차를 세우자고 할까?

아버지가 나를 꼭 끌어안고 즐겨 연주하던 브람스의 소나타를 듣자고 할까? 내 동생은 어떤 곡을 말하는지 알 것이다.

우리의 입김이 합쳐져서 차창이 뿌옇게 될 것이다. 밖에서는 우리가 보이지 않을 것이다.

우리 둘은 그렇게 모든 것으로부터 격리될 것이다.

하지만 파란불이 계속 이어진다. 동생의 차는 내 집이 있는 거리 모퉁이에서 멈춘다.

파스칼은 서둘러 가야 한다. 집에서 아이들이 기다리고 있다.

빠른 입맞춤, 내일 봐.

아버지가 산소를 공급받고 있다.

아버지는 잠들어 있다.

아버지의 얼굴은 이제 혈색이 없다.

아버지가 갑자기 눈을 뜬다. 초점이 없는 두 눈.

나를 알아봤는지 확신이 없다.

아버지가 콧구멍에 연결된 가는 호스들을 빼려고 머리를 흔든다.

나는 호스들을 다시 끼워 넣는다.

아버지가 호스들을 뽑아버리려고 왼손을 든다.

내가 아버지의 팔을 잡는다. 아버지는 저항하지 않는다.

아버지는 힘이 없다.

아버지의 살이 차갑다. 이스키아에서 태운 구릿빛 피부는 사라지고 없었다.

보라색 발의 노인은 밤새도록 아버지가 말하려고 애쓰는 소리를 들었다.

노인이 내 손목을 잡을 정도로 나는 가까이 서 있었다.

노인이 부릅뜬 눈으로 나를 응시하는데 언제나 그렇듯 쳐다보고 있는 것 같지 않은 시선이다. 말끝이 서로 부딪혀서 나오는 것 같다. 신······ 끔······ 사·······. 노인이 침을 많이 흘린다. 나는 침을 닦아주고 다시 말해달라고 부탁했다.

천천히.

한 번 더. 또 한 번.

나는 퍼즐 게임을 하듯 차츰 여백을 채우다 마침내 무슨 말인지 알아차렸다.

신문에 끔찍한 사고에 대한 기사가 났어요?

노인이 내 손목을 꽉 잡았다.

"신문에 아저씨의 사고에 대한 기사가 났는지 알고 싶으세요? 맞아요?"

그래요. 노인이 거의 울부짖듯 대답했다.

나는 갑자기 눈물이 핑 돈다.

"모두들 신문 기사에 대해 말하고 있어요."

노인은 내 손목을 놓아주고 한숨을 길게 내쉰다.

노인의 목구멍에서 마른기침 소리가 나더니 침이 턱으로 흘러내린다. 노인의 기침이 점점 심해지다 얼굴이 시뻘게진다.

나는 간호사를 부르러 뛰어나갔다.

아버지는 이제 음식물을 넘기지 못한다. 그걸 **연하곤란**이라고 한다. 혈액응고방지제와 항생물질이 추가되고, 링거 걸이에 이제는 반투명한 주머니가 걸려 있다.

지방성 유액, 포도당, 아미노산, 올리고당, 이제부터는 이것이 아버지가 먹는 것이다.

코를 골던 젊은 남자와 나이 든 부부를 복도에서 다시 마주쳤다. 그들의 얼굴이 환해서 나는 거의 못 알아볼 뻔했다.

옆 병실의 빠끔히 열린 문을 통해 어제 꼼짝도 않던 긴 형체가 베개에 기대어 앉아 있는 것이 보인다. 아주 젊은 여자.

초콜릿이 소복이 담긴 바구니가 침대에 놓여 있다.

나는 냉장고를 연다.

내 눈높이인 칸에 아버지가 먹다 남긴 샌드위치가 있다.

계속 냉장고에 놔둘 수 없다. 고약한 냄새를 풍길 것이고, 곰팡이가 슬 것이다. 상한 연어에서 지독한 냄새가 날 것이다.

이제는 버려야 한다.

휴지통의 페달을 밟는다. 뚜껑이 올라온다.

나는 얇은 비닐을 통해 아버지가 깨물어 먹은 자국을 본다. 갈색 빵에 반달 자국이 뚜렷이 나 있다.

팔이 움직여지지 않는다. 쓰레기가 들어 있는 휴지통.

버릴 수가 없다.

내 발이 페달을 떠나고 뚜껑이 다시 내려간다. 그리고 탕, 둔탁한 소리가 텅 빈 아파트 안에 울린다.

나는 샌드위치를 손에 든 채로 한동안 꼼짝하지 못한다.

냉동실에 넣어둘까? 이 상태는 유지될 것이다.

샌드위치를 납작하게 눌러서 바닐라 아이스크림 통 위에 올려놓는다.

이제 됐다.

새벽 3시, 고요한 밤.

전자레인지와 오븐에 있는 시간 표시등의 희미한 오렌지 불빛이 주방을 밝혀준다.

냉동실을 열고, 샌드위치를 꺼낸다. 딱딱하게 얼어붙은 덩어리를 휴지통에 넣는다.

나는 휴지통 뚜껑에서 손을 뗀다. 뚜껑이 소리 없이 천천히 닫힌다.

아버지를 성가시게 하는 가는 호스들이 산소마스크로 대체되어 있었다.

아버지가 나를 보면서 눈살을 찌푸리고 뭐라고 중얼거린다. 나는 다시 말해달라고 할 필요가 없다. 간밤에 잠을 이루지 못했다. 머리 손질을 하지 않았고, 화장도 거의 하지 않았다. 아버지는 이렇게 말한 것이다. **너 머리 안 감았구나.**

아버지가 호전되고 있다.

이번에는 파스칼이 도착했다. 동생도 나와 같은 생각이다. 아버지가 호전되고 있다.

옆 침대의 전화기가 울린다. 보라색 발의 노인이 전화를 받았다.

아니, 혼자 있지 않아요. 딸들이 와 있어요.

아버지가 들었는지 알 수 없다. 파스칼과 나는 시선을 주고받는다. 아버지의 친구 G. M.이 틀림없다. 아버지는 G. M.과 함께 이스키아 여행을 다녀왔다. 1년 전, 아버지가 무릎 수술을 받은 것은 G. M.의 발길질에 다리를 맞아서였다.

아버지가 커다란 멍을 보여줬을 때 나는 아버지에게 제발 고소하라고 사정했다. 하지만 아버지는 거부했다.

그리고 G. M.을 계속 만났다.

G. M.은 집으로 전화했다가 어머니의 간병인을 통해 아버지가 어디 있는지 알았을 것이다. 그리고 지금, G. M.은 알레시아 거리에 주차해놓은 차 안에 숨어 신경학 병동 쪽을 응시하면서 기다리고 있는 것이다.

우리는 병원을 나갔다.

보도를 걸어가는데 등 뒤에서 자동차 문 닫히는 소리가 들린다. 아마 G. M.일 것이다. 나는 돌아보지 않는다. 병실을 향해, 무방비 상태의 아버지를 향해 걸어가는 그의 뚱뚱한 실루엣을 보고 싶지 않다.

나는 집으로 간다.

가사도우미가 와 있다. 나는 주방으로 뛰어간다. 휴지통이 텅 비어 있다.

어시스턴트는 흡족해했다.

그는 호흡에 관련된 문제에서 호전된 징후를 확인했다.

게다가 운동신경 장애가 악화되지 않았고, 소화불량 상태는 개선 단계에 있는 것 같았다. 흡입 폐질환 위험을 피하기 위해 아직은 항생물질 요법을 유지하고 있지만, 전체적으로는 아버지의 상태가 호전되고 있다는 소견이었다.

우리는 아버지의 산소마스크를 벗겼다.

나는 아버지 뺨에 입을 맞춘다. 따갑다.

아버지는 대개 얼굴이 매끄러웠지만 휴가 중에는 이따금 면도를 하지 않았다. 그런 때면 무성한 금빛 털이 햇빛에 반짝이는 것 같았다.

오늘 아버지의 뺨, 입의 윤곽, 턱은 조명 때문에 회색을 띠고 있어 훨씬 윤기가 없어 보인다.

"아버지가 호전되고 있다고 의사가 말했어요."

아버지의 상체가 이상하게 흔들린다. 어깨를 으쓱하고 싶은데 왼쪽만 움직인 것이다.

"이거……."

아버지는 베개 위에 놓인 오른손을 가리킨다. 혈액이 침체되지 않게 올려놓은 것이다.

"이건 나아지지 않았어."

나는 아버지의 손가락을 쳐다본다. 피아니스트의 손가락, 움직이지 않는 뭉툭한 손가락. 흡사 가는 소시지 같다.

"네, 머지않아 좋아질 거예요."

내가 아버지에게 미소를 지어 보인다.

아버지는 미소를 지어주지 않는다.

나는 침대에 쓰러진다. 구두를 벗지 않았다. 할 수 없다. 더는 꼼짝할 수가 없다.

휴대폰이 울려서 소스라치게 놀랐다.

세르주. 그는 귀국 날짜를 앞당겼다. 내일 정오경 도착.

나는 목욕을 하고 침대에 눕는다. 이내 잠이 온다.

딩동, 딩동. 나야! 인터폰의 작은 화면에 그의 얼굴이 흑백 이미지로 나타났다. 그는 미소를 지었다. 나는 출입문을 열어주고 층계참에 나와 섰다. 1층 출입문 쪽의 딱딱한 바닥을 구르는 여행용 가방의 바퀴 소리가 들린다.

엘리베이터 버튼이 깜박거리고, 케이블이 진동하고, 평형추가 내려가고 엘리베이터가 올라온다. 하나, 둘, 셋, 넷, 다섯 층, 마침내 엘리베이터 문이 열렸다.

세르주가 나를 안아준다. 그에게서 향수와 비행기 냄새가 난다. 그의 입술에서 커피 맛이 난다. 나는 그의 몸을 끌어안는다.

세르주가 왔다.

세르주가 아버지에게 여행 얘기를 하고 있다. 로스앤젤레스의 박물관이 최근에 확장 공사를 했다고 말할 때 아버지가 갑자기 고개를 흔든다.

"왜 그러세요?"

아버지는 대답하지 않는다. 그리고 눈을 감는다.

아버지는 어쩌면 이제 다시는 새로 단장한 박물관을 보지도, 로스앤젤레스에 가지도 못할 거라고 생각하는 것이다.

다시는 아무 데도 가지 못할 것이다.

나는 목이 멘다.

아버지의 고갯짓에 불신과 두려움이 담겨 있다.

아버지가 소리 없는 고함을 지르고 있는 것 같다.

병실 문이 열렸다. 간호사가 거즈와 큰 유리병이 담긴 그린 빈 모양의 금속 용기를 갖고 들어왔다.

우리가 병실을 나온다.

세르주의 얼굴이 아주 창백하다.

우리는 집으로 돌아간다.

주치의가 잠시 후 우리를 만나줄 것이다.

파스칼과 나는 대기실에 앉았다.

낡은 크로스워드 퍼즐 잡지는 여전히 탁자에 놓여 있다. 나는 한가운데를 펼친다.

펼친 곳의 양쪽 페이지가 찢겨 있다.

한 아이가 미소 짓는 여우원숭이 사진을 갖고 싶어서 찢어갔을 것이다.

나는 잡지를 낮은 탁자에 도로 내려놓는다.

갑자기 급한 발소리, 워키토키 신호음, 문들이 닫히는 소리.

수술복에 의료용 모자를 쓴 의사가 대기실에 나타나서 우리에게 어디 가지 말고 기다려달라고 말했다.

유리벽을 통해 수술복에 의료용 모자를 쓴 의사 여러 명이 엘리베이터에서 쏟아져 나와 스트레처카를 밀며 복도로 사라지는 것이 보인다. 또 다른 스트레처카가 오고 엘리베이터 문이 열린다. 우리는 시트로 덮은 형체를 얼핏 봤다. 땡. 엘리베이터가 출발한다.

파스칼의 얼굴이 하얘진다.

내 두 손이 떨린다.

우리는 벌떡 일어난다.

엘리베이터 문들이 다시 열리고, 간호사들이 줄지어 지나간다. 웃음소리도 들린다.

아버지의 병실 앞에서 우리는 시선을 주고받는다.

우리는 병실로 들어갔다.

간호조무사 두 명이 양쪽에서 아버지의 겨드랑이 밑으로 팔을 둘렀다.

그리고 **하나 둘 셋**. 간호조무사 둘이 아버지의 몸을 일으켰다. 그중 한 명이 아버지의 옷을 벗기기 시작했다.

그들이 아버지의 옷을 갈아입힐 것이다.

옆 병실의 젊은 여자가 환자복 차림으로 복도에서 난간을 잡고 몇 걸음을 걸었다. 여자는 형광이 도는 초록색 슬리퍼를 신고 있다.

주치의가 우리에게 아버지의 상태가 안정적이라서 2, 3일 후 브로카 노인병원에 병실이 나는 대로 생탄 병원을 떠날 것이라고 말했다. 아버지는 거기서 새로 적응할 것이다.

아버지가 다시 걸을 수 있고, 팔을 사용할 수 있을지는 더 지켜봐야 알 수 있다.

"무릎 수술을 받은 뒤로 아버지는 거의 1년째 강장제 처방을 받고 있어요."

물론 아버지는 강장제를 계속 복용할 것이고 복용량을 늘릴 예정이다. 아버지의 경우는 정신력이 중요한 역할을 한다. 주치의는 두툼한 회색 진료기록을 덮었다.

우리가 접이의자를 접는 것이 아마 마지막이 될 것이다. 우리는 작은 사무실을 나온다.

오늘 오후, 아버지는 브로카 병원으로 이송된다.

파스칼이 아버지 옆에 있는 사이 나는 퇴원 수속을 한다.

창구 앞에 기다리는 사람이 많다. 나는 아버지의 의료보험카드를 살펴본다. 1 20 07 27……. 남성, 1920년 7월 외르 데파르트망* 출생.

7월 14일. 매해 아버지의 생일과 함께 여름 바캉스가 시작되었다. 파스칼은 늘 그 날짜에 생일 선물을 했다. 오래전 동생은 하얀 도자기 밀크 포트를 선물했고, 나는 발자크의 라 플레이아드** 판 『인간희극』 총서를 선물했다. 그 열두 권은 사라졌지만, 밀크 포트는 부모님의 냉장고 안쪽 칸에 아직 있다.

올해, 나는 선물을 하지 않고 아버지를 레스토랑으로 초대했다. 우리 테이블은 창문에서 약간 떨어진 자리였다. 아직 어둠이 내리지 않은 저녁이었고, 날씨는 음산했다. 나는 7월의 와인, 로즈 와인을 주문했다. 우리는 건배했다. 그리고 나는 아버지에게 인생을 어떻게 생각하느냐고 물었다.

---

* 프랑스 오트노르망디주에 있는 지방자치단체로, 우리의 광역시에 해당한다.

** 1931년 갈리마르 출판사에서 펴내기 시작한 프랑스의 대표적인 고전 컬렉션으로, 전 세계 유명 작가의 소설·철학서를 다루고 있다. 라 플레이아드 총서는 선정 기준부터 편집, 제작까지 모든 면에서 최고의 신뢰를 받는 컬렉션으로 여기에 이름을 올리는 것은 모든 프랑스 문인의 꿈이다. 특히 생전에 이 꿈을 이루는 작가는 매우 드물다.

완전한 실패.

엄마의 죽음으로 내 인생은 허망해졌어.

아버지가 와인을 한 모금 마셨다. 잠시 후, 나는 유리잔 너머로 금방이라도 울음이 터질 것처럼 일그러지는, 아이 같은 얼굴을 보았다.

"아버지가 몇 살 때 어머니가 돌아가셨는데요?"

서른한 살.

알았는데, 나는 늘 잊어버린다. 아버지가 어머니―아버지는 늘 당신의 어머니를 **엄마**라고 한다―의 죽음을 떠올릴 때마다 나는 매번 어린 소년의 말을 듣고 있는 것 같다.

퇴원 수속은 내가 맡았다.

입원비 계산, 진단서, 퇴원 서류 작성, 모든 것이 빠르게 해결됐다.

밖에서는 잔디 깎는 기계 소리, 잔디 위에서 분주하게 움직이는 정원사들. 생탄 병원의 오솔길에서 풀과 젖은 흙냄새가 난다.

탁. 밤송이가 벌어지면서 튀어나온 밤 한 개가 내 앞에 떨어졌다. 나는 밤을 주웠다. 매끈거리고 반들거린다. 발톱 모양의 하얀 반점이 있다.

나는 밤을 호주머니에 넣었다.

엘뵈프에서 살던 집의 정원에는 나무가 많았다. 밤나무도 몇 그루 있었다. 소꿉동무 마리옹과 나는 초록색 밤송이가 잔뜩 달린 나뭇가지 사이에 숨어서 손가락을 찔려가며 밤송이를 까고 생으로 먹었다. 떫은맛이 나는 생밤을 으드득으드득 씹어 먹다 목구멍에 걸려서 우리는 서로 등을 쳐주었다.

나는 병동 간호사들의 데스크에 퇴원 서류를 제출하고 고마웠다고 인사했다.

파스칼은 가방에 아버지의 소지품을 챙겼다.

앰뷸런스가 곧 올 것이다.

보라색 발의 노인이 욕실에서 나왔다. 희끗희끗한 머리를 깔끔하게 빗고 나온 것이다. 노인은 행복한 얼굴이다. 내일 퇴원해서 집으로 돌아간다.

나는 노인에게 작별 인사를 했다.

마지막으로 대기실 앞을 지나간다. 어린 소년 혼자서 그림을 그리고 있다. 어쩌면 잡지에서 여우원숭이 사진을 찢어간 아이일지도 모른다.

엘리베이터가 오려면 멀었다. 나는 계단을 이용한다.

아래층, 음료수 자판기 근처에서 옆 병실의 젊은 여자와 젊은 남자가 꼭 끌어안고 키스를 하고 있다. 커플은 눈을 감고 있다. 그래도 나는 그들에게 미소를 지어 보인다.

나는 생탄 병원을 떠난다.

나는 브로카 병원의 공사 중인 홀을 지나갔다. 온통 하얀 먼지로 뒤덮여 있었다. 안개가 낀 것처럼 뿌연 공기. 나는 먼지가 내려앉은 바닥에 난 수십 개의 발자국을 따라갔다. 한 운동화 자국을 따라 왼발, 오른발을 밟으면서 공사하는 동안 운행하는 엘리베이터까지 갔다. 기다리는 사람이 많다. 엘리베이터 문이 닫히기 직전 흰 가운의 젊은 의사들이 종이컵을 하나씩 들고 뛰어왔다. 엘리베이터 안에 커피 향이 진동했다. 우리는 바짝바짝 붙어 섰다.

3층. 노인병학 재적응 관리, 서쪽 측면.

길게 이어지는 복도 끝에서 나는 왼쪽으로 돌았다. 병실 386,

384, 382, 380.

아버지의 안색이 한결 좋아져 있었다. 면도한 얼굴. 아버지의 뺨에 입을 맞추려고 몸을 숙이면서 애프터셰이브 냄새를 맡았다. 아버지의 뺨이 보드라웠다. 콧구멍 구석에 생크림처럼 하얀 거품이 약간 묻어 있었다. 어렸을 때 나는 아버지의 오동통하고 반들반들한 코와 확장된 모공에 난 털을 보면서 딸기 같다고 생각했다.

아버지가 왼손으로 내 팔을 잡았는데 힘을 주지는 않았다.

아버지는 나를 빤히 쳐다보고 있었다.

"끝내게 네가 나를 도와주면 좋겠다."

나는 얼어붙었다. 아버지는 내가 못 들었다고 생각했는지 좀 더 크게 반복했다. **끝내게 네가 나를 도와주면 좋겠다.**

사고가 난 뒤로 아버지는 이렇게 똑똑히 말한 적이 없었다.

내 팔을 떠나는 아버지의 손이 보였다. 아버지의 손은 완전히 내려가지 않고 시트 위에 정지되어 있었다. 연주를 마치고 마지막 화음이 울리는 동안 약간 벌어져 있는 피아니스트의 손가락처럼.

아버지는 나를 살피고 있었다. 나는 그 시선을 느꼈지만, 내 눈은 표류하는 것 같은 창백한 손에 고정되어 있었다. 카테터와

반창고가 십자 모양을 하고 있어 손이 더 창백해 보였다.

손이 힘없이 떨어졌다. 나는 눈을 들었다.

아버지가 미소를 지어 보였다. 진정한 미소, **예전 같은** 미소, 반짝이는 눈가에 잡히는 잔주름.

나는 고개를 숙이고 회색 리놀륨 타일 바닥에 내려놓은 내 가방을 쳐다봤다. 가방을 집어 들었다.

도망치듯 3층 계단을 정신없이 내려갔다. 홀에 이르자 회반죽 냄새가 진동했다. 병원의 대형 자동문이 내 앞에서 열렸다.

어두워지고 있다. 내가 한참을 걸었던 모양이다.

머리와 옷이 축축해져 있고, 구두가 젖어 있었다. 가방 안에 우산이 있었는데 꺼내지도 않았다. 비가 오는지도 몰랐다.

나는 우뚝 솟은 빌딩들 사이에 있는 경사진 공원에 서 있다. 비에 나뭇잎이 우수수 떨어지고 있다. 길바닥이 온통 낙엽이다.

가로등 불이 켜진다. 나는 한 커플과 마주친다. 남자가 장바구니를 들고 있는데 초록색 채소가 삐죽 나와 있다. 셀러리. 커플은 집으로 가서 저녁 준비를 할 것이다. 맛있는 냄새가 날 것이다.

나는 커플을 따라 걷는다.

오르막길. 포장된 골목길이 어둡다. 발목을 삐끗했다. 거기 커플이 사는 집이 있다. 커플이 대문을 닫는다. 집 안에서 불이 켜진다.

나 홀로 밖에 있다.

춥다. 집에 가고 싶다.

나는 돌아선다. 바람이 분다. 공원의 나무들이 흔들린다. 나뭇잎들이 빙그르르 돈다. 이제 아무도 없다. 저 멀리 지하철역 불빛이 보인다. 이제 내가 어디에 와 있는지 안다.

대로에 이르렀다. 택시가 서 있다. 빈 택시.

뒷좌석에 털썩 주저앉는다. 택시가 출발한다.

아버지는 절대 택시를 타려고 하지 않았다.

나는 덜덜 떨린다.

기사에게 히터를 조금 올려달라고 부탁했다. 라디오에서 비틀스의 노래가 흘러나온다.

나는 눈을 감는다.

냄비에 올리브기름을 약간 두르고, 양파 한 개와 당근 한 개를 채 썰어 넣은 다음 마늘을 다져 넣는다. 그리고 잘게 썬 쇠고기와 토마토를 추가한다. 백리향, 로즈메리, 월계수, 셀러리 한 줄기를 곁들인다.

소스를 약한 불로 끓인다. 세르주는 와인 한 병을 딴다. 아파
트에 맛있는 냄새가 진동한다.

세르주는 잠이 들었다.

나는 그에게 아무 말도 하지 않았다. 아직은 아니다.

나는 침대에서 엎치락뒤치락한다.

렉소밀 4분의 1을 먹으면 잠이 올 것이다. 그러면 아버지의
미소, 반짝이는 눈가의 잔주름, 갑자기 다시 통통해진 얼굴이
떠오르지 않을 것이다.

1년 전, 무릎 수술을 받고 나서 아버지는 식욕을 잃었고, 거
의 먹지 않아서 눈에 띄게 야위었다. 나는 아버지를 정신과 의
사에게 데려갔다. 병원에 온 이유를 설명한 뒤에 아버지와 의사
둘만 두고 나왔다. 아버지는 우울증 치료제 미안세린과 강장제
를 하루에 한 알씩 먹으라는 처방전을 들고 나왔다.

비가 내리고 있었다. 우리는—아버지가 절대로 택시를 타지
않기 때문에—버스를 기다렸다. 아버지는 나를 향해 고개를 돌
렸다.

"의사와 단둘이 있을 때 말했다. 나한테 문제가 있는 거라면 지금 끝내겠다고."

그리고 아버지는 나에게 미소를 지어 보였다. 그때도 오늘과 똑같은 미소였다.

거의 환한 미소.

그런 말을 처음으로 했던 날, 아버지는 미소를 짓지 않았다. 내가 열세 살 때였다. 나와 아버지가 일찍 일어난 어느 날 아침이었다. 아침을 먹고 있을 때 아버지는 찻잔을 내려놓고 나를 빤히 쳐다봤다.

"어제 집에 돌아왔는데 네 어머니가 없더라. 너희는 학교에 있었고. 아파트가 텅 비어 있었지. 권총이 있었다면 내 머리에 쐈을 거야."

몇 주일, 몇 달, 몇 년 동안 아파트 현관문의 열쇠를 돌릴 때마다 나는 거실 소파에 쓰러진 아버지를 상상했다. 폭발한 머리, 사방으로 튄 피.

나는 이불을 젖히고 욕실로 달려간다. 초록색 상자를 열고 렉소밀 한 알을 손바닥에 올려놨다. 4분의 1로 쪼갤까? 반으로 쪼갤까?

그래, 반으로 하자. 효과가 빠르도록 약을 깨물어 먹고 물을 한 모금 마신다. 그리고 침대에 가서 다시 눕는다.

세르주가 조그맣게 코를 곤다. 나는 그의 숨소리에 맞춰 숨을 들이마셨다가 내쉰다. 그의 평온함이 내 몸으로 고스란히 전해져온다. 그의 체온도.

내일, 아버지를 담당하는 임상 의사와 약속이 있다.

나는 눈을 감는다.

밤을 맞을 준비가 되어 있다. 악몽을 꿀 준비가 되어 있다.

제대로 된 대기실이 아니다. 복도 한쪽에 게시물들을 압정으로 꽂은 코르크 패널을 달아놓고 그 밑으로 달랑 의자 몇 개가 있다.

나 혼자 있다. 파스칼은 지방에서 열리는 음악 페스티벌 행사를 준비하러 출장을 갔다.

나는 동생에게 아무 말도 하지 않았다. 동생에게 뭐라고 말해? **아빠가 나한테 끝내게 도와달라고 했다고?**

이 말을 반복하는데 말소리가 내 귀에 이상하게 들린다. 뭔가 맞지 않는 것 같은데? '아빠'와 '끝내게'?

발소리. 두 실루엣이 복도 끝에 나타났다. 키가 큰 실루엣과 키가 작은 실루엣. 남자와 여자.

봉주르*. 봉주르.

두 사람이 내 맞은편에 앉았다. 여자는 남자보다 훨씬 젊었다. 딸과 아버지, 코와 눈이 닮았다.

딸이 아버지에게 뭐라고 속삭인다. 아버지가 딸의 어깨에 팔을 두른다. 딸이 아버지에게 몸을 기댄다.

나는 그들을 쳐다본다. 그들은 나를 보지 않는다.

딸이 아버지의 어깨에 머리를 기대고 눈을 감았다. 아버지는 딸에게 몸을 바싹 붙이고 약간 움직인다. 마치 아주 살살 흔들어 재우는 것처럼.

아버지는 딸을 보살피고 있다. 딸은 아버지의 보호를 받고 있다.

딸은 아버지에 비해 키가 아주 작은 것 같다.

나는 일찌감치 아버지보다 키가 더 컸다.

---

* 낮에 하는 간단한 인사말. 프랑스에서는 모르는 사람을 지나칠 때도 "봉주르", "봉수아르" 하고 인사를 건넨다.

문이 열린다. 닥터 H가 나에게 들어오라고 했다.

젊고 통통한 여의사. 그녀는 머리가 길고, 웃는 얼굴이다.

방은 밝았다. 벽에 액자 몇 개가 걸려 있고, 책이 가득 꽂힌 선반들, 책상 위에는 컴퓨터가 놓여 있다.

아버지의 서류는 파란색이다.

닥터 H가 나에게 어머니의 건강 상태와 부모님의 경제 사정, 아파트에 대해 몇 가지 질문을 하고 내 대답을 적으면서 질문 용지의 칸에 빠르게 표시를 했다.

"자택 요양을 검토할 수 있는지도 알아야 하거든요."

닥터 H는 볼펜을 내려놨다.

"하지만 그 경우는 아닌 것 같군요."

닥터 H는 컴퓨터 화면을 응시하고 있다.

"지금은 코버실, 아세부톨롤, 록센 같은 혈압강하제와 혈전 방지제로 치료할 겁니다. 콜레스테롤저하제 스타틴도 써야 하고요."

닥터 H의 회전의자가 내 쪽으로 빙글 돌았다.

나에게 알려줄 좋은 소식이 있는 것이다. 아버지가 곧 잘게 다진 음식물 정도는 넘길 수 있을 거라고. 그게 아버지에게 좋다. 계속 액체 상태로만 먹을 경우 입맛을 완전히 잃을 위험이 있는 데다 혈전염이나 감염 등을 일으킬 수 있다. 젤화된 물을 먹는 것도 상관없다.

의사는 미소를 지으면서 말했다.

"젤리와 비슷하다고 보면 됩니다."

나는 심호흡을 했다.

"아버지는 **끝내고** 싶다고 말씀하셨어요."

닥터 H의 미소가 사라졌다.

의사는 알고 있었다. 아버지가 치료 팀과 의사에게도 그 말을 한 것이다. 의사는 이런 반응에 익숙해 있어서 걱정하지 않았다. 그래서 우울증 치료제 미안세린과 리보트릴 같은 약물을 쓰기로 결정했던 것이다.

닥터 H는 의자에 편안하게 앉았다.

"하지만 그 얘기는 하지 않겠습니다. 아버님이 투병을 거부해도 현재 상태와 연세를 고려하면 그리 오래가지 않을 겁니다."

닥터 H는 한숨을 쉬었다.

"우울증 치료제의 효과가 빠르길 기대해봅시다. 무엇보다 아버님이 혼자가 아니라 주위에 식구들, 친구들이 많다고 느끼는 것이 중요합니다. 의욕을 되찾게 해야 합니다."

닥터 H는 일어나서 손을 내민다. 내 손은 차갑고 젖어 있다.

"걱정하지 마세요, 다 잘될 겁니다. 대부분 결국에는 살고 싶어 하니까요."

딸은 여전히 아버지의 어깨에 머리를 기댄 채로 웅크리고 있다.

나는 병실의 문을 살그머니 연다.

아버지가 잠들어 있다.

약간 벌어진 입을 통해 색색, 고른 숨소리를 내고 있다.

아버지의 얼굴을 쳐다본다.

최근에 아버지의 얼굴을 이렇게 많이 본 적이 없다.

내 아버지의 얼굴.

어머니는 아기를 볼 때마다 이렇게 말한다. 앙드레를 닮았어. 그리고 덧붙인다. 아기들은 다 앙드레를 닮았어.

통통한 볼, 머리카락이 거의 없는 민머리, 작은 입, 파란 눈을 보면 어머니의 말도 맞다. 그리고 특히 코를 보면 그렇다. 코의 연골조직이 말랑말랑하고 코끝이 뭉툭하다.

어렸을 때 나는 항상 아버지의 코를 만지려고 했지만 그럴 수 없었다. 코가 너무 연해서, 만지면 아버지가 아파하기 때문이었다.

훗날, 아버지는 1950년대는 코 성형수술이 유행하던 시절이 아니라서 수술이 굉장히 아팠다고 얘기해주었다.

나는 아버지의 젊었을 적 사진 몇 장을 봤는데 날카로운 큰 코 때문에 못 알아볼 뻔했다.

그 코를 그대로 유지했다면 아버지는 어땠을까?

다른 사람들보다 숨소리가 더 컸을 것이다. 아버지의 왼쪽 다리가 움직인다. 아버지의 얼굴이 일그러졌다. 아버지가 눈을 번쩍 뜬다. 깜짝 놀란 것 같다.

"아빠, 괜찮아요. 나 여기 있어요."

아버지는 나를 물끄러미 응시한다. 아버지의 입술이 동그래진다.

아버지가 왼팔을 내 쪽으로 뻗는다.

"나를 이대로 내버려두지 마."

나는 목이 멘다.

침대의 사이드레일을 내리고 링거와 투명 호스들을 떼어내고, 늙은 아기를 품에 안고 머리카락이 다 빠진 두상에 입을 맞추면서 아버지가 더 이상 무서워하지 않을 때까지 꼭 끌어안고 싶었다.

나는 절대로 아버지를 그냥 내버려두지 않아요.

절대로.

나는 아버지의 손을 잡아준다. 아버지의 손가락들이 내 손을 꽉 잡는다.

아버지가 다시 잠든 후에도 한동안 그렇게 움직이지 않는다. 나는 아버지가 잠이 들어서도 내가 곁에 있다는 걸, 내가 지키고 있다는 걸 알기를 바란다.

파스칼과 나는 아버지의 친구들과 친척에게 연락했다. 그리고 면회 시간과 몇 층 몇 호 병실인지를 알려주었다. 과자나 초콜릿 같은 것은 아직 씹을 수가 없고, 꽃은 괜찮다고 덧붙였다.

아버지는 **사람들과 만나는 걸** 좋아했다. 저녁에는 거의 집에 있지 않았다.

영화관, 갤러리, 콘서트홀, 레스토랑, 내가 모르는 어딘가로 나갔다. 이따금 외박할 때도 있었다.

뇌혈관 사고가 일어나기 전날, 아버지는 개봉한 영화를 보러 나갔다가 새로 문을 연 레스토랑에서 저녁을 먹었다.

아버지는 누구에게든 뒤지는 걸 싫어했다. 영화든 음식이든 다른 사람들보다 먼저 보고 듣고 먹어야 직성이 풀렸다.

나보다도 먼저.

아버지는 자주 아침에 전화했다. 첫 번째 질문은 이랬다. 너 어제저녁에 뭐 했니?

아버지가 모르는 장소를 내가 발견했다거나 멋진 공연을 봤다고 하면, 아버지가 만나고 싶어 한 누군가와 저녁을 먹었다고 대답하면 전화선 너머에서 신경질적인 침묵이 흘렀다. 그것으로 대화는 끝났다. 아버지는 전화를 끊었다.

맙소사, 불쌍한 앙드레, 어쩌다 이렇게 됐어.

장 피에르, 미슐린, 로진, 미셸, 프랑수아즈, 모두 눈물을 글썽이며 나온다.

아버지는 누군가 면회를 오면 처음에는 기뻐했다. 친구들이 하는 얘기를 들어줄 때까지는 괜찮았다. 하지만 아버지가 말하고 싶은데 말이 나오지 않거나 말이 뒤죽박죽되어 아무도 알아듣지 못하는 순간부터 상황이 달라졌다.

아버지는 눈물을 흘렸다.

그래서 파스칼과 내가 차례로 아버지를 위해 대변인 역할을 했다. 우리는 아버지의 얼굴을 살피면서 입술의 움직임을 꿰뚫어 보고 아주 작은 소리도 놓치지 않았다.

파스칼과 나는 아버지를 아주 잘 알고 있어서 한 음절만 들어도 아버지의 생각을 짐작할 수 있다.

이럴 때마다 우리가 아버지의 눈빛에서 읽은 것은 고마움이라기보다는 자신을 끔찍해 하는 감정이었다.

파스칼이 라디오를 가져왔다. 나는 텔레비전을 연결했다. 나는 아버지가 눈이 잘 보이지 않는다는 것을 알아차렸다. 아버지는 오른쪽 눈을 감고 고개를 이상하게 돌리고 텔레비전을 보았다.

안경을 써야 하는 것이다. 안경 없이는 보지 못하는 것이다.

나는 안과 의사의 진찰을 요청했다.

아버지의 시력은 변함이 없었다. 기억하지 못하는, 아니 **전달하지 못하는** 오른쪽 눈이 문제였다.

이걸 '반시각 장애'라고 한다.

이제부터 아버지에게는 물리치료사, 사회에 복귀할 수 있게 훈련시키는 작업요법사, 발음교정사 외에도 시력교정 의사가 필요할 것이다.

아버지는 이제 면회 오는 걸 원치 않는다.

아버지는 먹는 것을 거부한다.

아버지의 식단은 이랬다. 베이지색 고기 단자, 푸르스름한 죽. 흐늘거리는 빨간색 젤리.

수저를 입술에 가까이 가져가면 아버지는 고개를 돌린다.

나는 조금만 노력하자고 아버지를 달랬다.

다시 시도한다. 아버지가 머리를 흔든다. 음식이 턱받이로 떨어진다.

그래도 나는 그렇게 맛이 없는 것은 아닐 거라고 생각했다.

맛을 봤다. 욱. 고기야? 생선이야? 도저히 형언하기 힘든 맛이다.

아버지는 미식가다. 맛있는 것이 필요하다.

요리를 잘하는 파스칼이 음식을 만들어올 것이다.

우리는 간호사들의 전자레인지에 바게트를 데울 것이고, 교대로 식사를 책임질 것이다.

으깬 감자에 곁들인 다진 고기, 연어와 채소, 감자 퓌레, 캐러멜 크림, 초콜릿 무스. 하지만 아버지는 여전히 먹지 않는다.

닥터 H는 비경구적 영양 공급*을 하기로 결정했다. 나는 '비경구적 영양'이라는 말을 들으면서 아버지의 부모님이 엘뵈프의 식탁 앞에 앉은 모습을 떠올렸다. 할아버지는 식욕부진에 걸린 막내아들 장 루이(아버지 앙드레의 동생)에게 스튜용 쇠고기 기름을 강제로 삼키게 했다.

아버지는 레스토랑에서 저녁을 먹던 7월, 이 장면을 나에게 얘기해주었다. 그때 아버지는 포크와 나이프를 내려놓고 음식 접시를 밀어냈다.

누런 기름, 목이 메여 속을 다 토해내는 장 루이의 울음소리, 아버지의 냉랭한 얼굴, 아무 말도 안 하는 엄마, 남편 앞에서 벌벌 떠는 엄마.

---

* 음식물을 소화하지 못하는 환자의 경우 경정맥이나 쇄골 밑 정맥에 삽입한 카테터를 통해 영양분을 공급한다.

70여 년이 지났는데도 아버지는 그날을 떠올리면서 치를 떨었다.

오늘은 날씨가 좋다. 10월의 화창한 날이다.

4층 층계참에 휠체어들이 가지런히 놓여 있다. 단순한 등받이가 달린 작은 휠체어 열 대, 머리 받침대가 있는 큰 휠체어 두 대. 엄마 오리를 따르는 새끼 오리 가족처럼 크기 순서로 줄지어 있다.

아버지를 휠체어에 태워 산책 나가면 안 될까요?

나는 휠체어를 양지바른 곳으로 밀고 갈 것이다. 아버지 뒤에 있을 것이고, 아버지의 머리만 볼 것이다.

눈을 감는다. 이미 눈에 선하다. 불그스름한 반점, 자국, 흉터를 하나하나 알아볼 것이다. 나는 아버지의 머리털이 자라는 곳과 탈모가 시작된 곳을 정확하게 알고 있다. 약간 납작한 뒤통수, 그 아래 목덜미 윗부분, 거기 피부는 약간 쭈글쭈글하다.

나는 아버지의 두상을 훤히 알고 있다.

"하지만 그건 안 됩니다. 앉아 계시기에는 아버님이 아직은

너무 허약하세요. 30도 이상 몸을 일으킬 수도 없는데 휠체어
에 앉아 있는 건 무리예요…….”

간호사는 어깨를 으쓱했다.

“아무것도 못 드시는 데다…….”

병실이 덥다. 라디에이터가 뜨겁다.

나는 창문을 열려고 했다.

“열지 마.”

나는 아버지가 잔다고 생각했다.

아버지에게 다가간다.

퓨우우우, 에어 매트리스*에서 공기 빠지는 소리. 에어 매트
리스를 사용한다고 욕창을 막을 수 있을까? 아버지가 나를 뚫
어져라 쳐다본다. 나는 아버지의 팔에 손을 올린다. 아버지의
살이 차갑다. 손목뼈가 눈에 띄게 불거져 있다.

내 아버지가 시들어가고 있다.

“나를 이 꼴로 내버려두면 안 된다.”

---

* 매트리스의 공기를 부분별로 교대로 부풀려 신체의 압력 분포 위치를 바꿔줌으로써
욕창을 방지하는 데 사용한다.

아버지의 목이 당겨지고 머리가 들린다.

"이 꼴……."

아버지는 턱으로 몸을 가리킨다.

"이 꼴……."

갑자기 아버지의 왼손이 침대의 사이드레일을 움켜잡는다. 아버지가 몸을 일으킨다. 힘을 쓰느라 아버지의 얼굴이 찌푸려진다.

"이건……."

우리의 얼굴이 거의 닿을 듯했다.

"내가 아냐."

이 말이 침과 함께 내 얼굴에 튄다.

아버지의 머리가 다시 내려갔다.

이건 내가 아냐.

아버지의 눈가에 맺힌 눈물이 관자놀이를 따라 흐르다 귓가에서 사라진다. 예전에 구레나룻이 자라던 자리로.

나는 아버지를 이대로 내버려둘 수 없다.

"아빠, 내가 어떻게 해주길 바라는데요?"

아버지의 대답이 즉시 나왔다. 단숨에 명료하게.

"내가 없어지게 해야지."

이번에는 도망치지 않는다.

아버지는 나를 쳐다보고, 나는 아버지를 쳐다본다.

"알았어요."

아버지에게 달리 무슨 말을 할 수 있을까?

아버지가 턱을 약간 움직인다. 동의의 표시.

그러고는 손짓을 한다. 이제 그만 가라는 뜻이다. 나를 지겹게 봤다는 뜻이다.

나는 잠시 입을 멍하니 벌린다.

그리고 웃음이 터진다.

He is back.(아버지가 돌아왔다.)

나는 밖으로 나간다. 해, 공기, 햇빛. 내 뺨에 축축한 것이 묻어 있는 걸 느낀다. 입맞춤할 때의 자국처럼 약간 묻은 아버지의 침.

예약해놓기를 잘했다. 이른 시간이지만 레스토랑은 이미 손님들로 가득했다. 파스칼이 작은 테이블 앞에 앉아 거의 평온한 모습으로 나를 기다리고 있다.

웨이터가 메뉴판을 가져왔다. 나는 메뉴를 훑어보다 되는대로 '닭고기'를, 동생은 쇠고기 요리를 주문했다. 그리고 태국 맥주 싱하 두 병. 웨이터가 멀어져갔다.

바게트 두 개를 종이봉투에서 꺼내고 빵 두 개를 탁탁, 마주쳤다.

"그만해."

나는 멈춘다.

"하고 싶은 말이 뭔데?"

나는 종이봉투를 집어서 돌돌 만다. 산세비에리아 잎 모양이 되었다.

파스칼이 내 손에서 종이봉투를 빼앗았다.

"그만 좀 하고 말해. 뭔데 그래?"

이번에는 이쑤시개 통을 집어 들까 봐 나는 손깍지를 낀다.

동생이 나를 빤히 쳐다본다.

이제는 동생에게 말해야 한다.

"아빠가 끝내게 도와달라고 하셨어."

동생은 움직이지 않았지만 시선이 나를 떠난다.

나는 깍지를 풀어 두 손을 내리고 움직이지 않는다.

"그래서 뭐라고 대답했는데?"

"알았다고 했어."

동생의 눈에 눈물이 그렁그렁하다.

"라파엘을 생각하면……."

내 조카 라파엘은 운동장애가 심하고 의사표현을 하는 데 어려움이 있다. 마치 우리를 돌봐주지 않았던 걸 속죄라도 하듯 아버지는 손자가 어렸을 때부터—지금 라파엘은 열일곱이다—신경을 써주었다. 아버지는 해마다 라파엘을 데리고 여행을 떠났다. 미국, 인도, 케냐, 세이셸*, 모로코, 이탈리아, 할아버지와 손자는 세계 곳곳을 다녔다.

"네가 동의하지 않으면 나는 아무것도 하지 않을 거야."

파스칼이 자세를 바로 한다. 동생의 큰 눈에 이제 눈물은 없다.

"아무튼 그건 아버지의 결정이잖아. 언니의 결정도, 우리의 결정도 아냐."

웨이터가 맥주를 가져왔다.

우리는 맥주를 마신다. 두 모금을 삼킨 후 파스칼이 멈춘다. 윗입술에 거품이 묻어 있다.

---

* 아프리카 동부 인도양 마다가스카르 북동쪽에 있는 섬나라.

"그리고 '끝내게 도와달라'라는 말, 그게 **정확하게** 무슨 뜻인데?"

나는 술잔을 놓칠 뻔했다. 그래, 내가 의문을 제기하지도 않았다는 걸 깨달았다.

"모르겠어."

내가 아주 당황한 표정을 짓고 있는 게 틀림없다. 동생이 허리가 끊어지게 웃는 걸 보면. 나도 웃음이 터진다.

"너 입에 거품 묻었어. 닦아, 거기……."

"언니도."

우리는 함께 입술을 닦는다.

그리고 동생과 나는 서로의 눈을 보면서 건배한다.

러하이엠*. 삶을 위하여.

마리옹의 차가 나를 지나쳤다. 그녀는 병원 정문 앞에 차를 세울 것이다. 내 친구의 차에는 의사 신분을 알리는 카두케우

---

* L'chaïm. 허브리어 문자 그대로의 의미는 '삶을 위하여(to life)'이다. 삶이란 항상 행복할 수 없는 것이기에, 그리고 삶 그 자체가 거룩하고 축복의 대상이기에 유대인들은 건배할 때 무언가를 위한 삶이 아니라 삶 그 자체를 축복한다고 한다.

스* 마크가 있어서 주차하는 데 문제가 없다. 마리옹은 나를 발견하자마자 손을 크게 흔들었다. 투피스 차림에 구두 굽 소리를 내며 꼿꼿한 자세로 나를 향해 걸어오는, 사내아이 같은 내 소꿉친구.

마리옹과 나는 웃으면서 포옹했다. 상황이 어떻든 우리는 만날 때마다 늘 웃으면서 맞았다.

나는 전화로 마리옹에게 아버지의 부탁을 얘기했다. 마리옹은 아버지가 생탄 병원에 입원해 있을 때 면회 왔다가 주치의를 만났다. 주치의와 얘기를 나누고 나서 나에게 아버지의 상태가 썩 좋지 않다고 말해주었다.

앙드레!

아버지의 얼굴이 환해진다. 아버지는 마리옹을 아주 좋아한다. 마리옹이 의과대학 교수라는 게 영향을 준 것이다.

나는 두 사람만 두고 병실을 나온다.

---

* 신들의 사자(使者)인 헤르메스의 지팡이로. 몸체에는 두 마리의 뱀이 감겨 있고 꼭대기에는 날개가 있는 형태를 하고 있다. 평화와 의술을 상징한다.

두 복도가 교차하는 구석진 곳이 대기실로 꾸며져 있었다. 할머니들이 앉은 휠체어 셋이 나란히 있다. 그중 두 할머니는 고개를 숙인 채 졸고 있고, 나머지 할머니는 즐거워하는 눈빛으로 콧노래를 흥얼거린다.

나는 층계참으로 간다. 대형 창문 옆에 의자 몇 개와 낮은 탁자가 놓여 있다. 커다란 원통형 재떨이 옆에 앉는다.

담배 한 대를 피우고 싶다.

담배를 끊은 지 7, 8년쯤 되었다. 그런데 이 재떨이를 보는 순간 갑자기 모든 것이 생각난다.

스무 개비가 꽉 차 있는 새 담배 한 갑, 바스락거리는 셀로판 커버, 처음 열 때 느껴지는 접이식 하드커버의 약한 저항력, 너무 촘촘해서 잘 뽑아지지 않는 개비들의 저항력.

이어서 내 입술에 물린 필터의 밀도, 담배 냄새, 종이의 맛, 불꽃.

마침내 깊이 빨아들인다.

나는 위와 온몸에서 허기를 느낀다.

담배 한 개비가 필요하다. 지금.

"여기 있구나. 찾으러 다녔어." 마리옹이 내 앞에 불쑥 나타났다.

마리옹은 간호조무사들이 아버지의 기저귀를 갈아주러 오자 나온 것이 틀림없었다.

아버지는 평온하고 잠이 깨 있었다. 마리옹은 아버지가 의사 표현을 하는 데 문제가 없다고 생각했다. 아버지는 마리옹에게 말했다. 여든여덟 살이 넘도록 살았으면 **그런대로 잘 산 거라면서** 끝내고 싶다고. 그리고 마리옹에게 **뭔가 해줄 수 있는지** 물었다.

"상태가 악화되면 내가 도와줄 거니까 그때 다시 얘기하자고 말씀드렸어."

마리옹이 미소를 지어 보였다.

"아, 가장 중요한 걸 잊었네. 간호사의 말에 따르면 아버지가 다시 식사를 하신대."

마리옹이 엘리베이터로 향하면서 말했다.

"나가자. 어디 괜찮은 데 가서 한잔하자."

마리옹이 주차해놓은 병원 정문 앞에서 의사 두 명이 담배를 피우고 있다. 나는 그들 옆에서 머무적거리며 담배 연기를 맡는다. 그러고는 내 친구의 차에 오른다.

마리옹이 시동을 건다.

나는 좌석 머리 받침에 기댄다. 그리고 눈을 감는다.

아버지가 다시 식사를 한다.

내 입안에서 담배 맛이 약간 느껴진다.

위스키 한 잔을 마실 생각이다.

세르주는 접시를 밀어냈다.

"아버님이 당신한테 그런 걸 부탁한다는 게 나는 이해가 안 돼. 딸한테 어떻게……."

세르주가 일어나서 식탁을 치우기 시작한다.

"내가 딸이니까."

식기세척기에 그릇 넣는 소리가 요란하다.

나는 일어나려고 하지만 다리가 무겁다. 마리옹과 위스키 두 잔을 마셨고, 저녁을 먹으면서 와인을 마셨다.

너무 많이 마셨다.

아버지의 **딸**.

어지럽다.

어느 해 7월, 아버지는 몇 년 동안 만나지 못한 당신 어머니의 사촌을 방문하러 가면서 나를 영국으로 데려갔다.

할머니의 사촌은 시골에 살고 있었다. 우리는 기차를 탔다.

기차에 앉자마자 아버지는 잠이 들었다.

한 역에서 기차가 섰다. 경적 소리, 몇 번의 덜컹거림. 사람들이 내렸다. 그때 아버지가 눈을 떴다. 우리가 내려야 하는 역이었는데 너무 늦었다. 기차는 이미 역을 떠나고 있었다. 아버지는 화를 내면서 나를 야단쳤다.

그 시절 영국의 기차가 대부분 그렇듯 우리가 탄 차량의 승강구는 철로 쪽으로 나 있었다. 아버지는 승강구의 문을 열었다.

"뛰어내리자."

기차가 약간 속도를 내기 시작했다.

아버지가 먼저 뛰어내렸다. 아버지는 넘어졌다. 아야!

나는 승강구의 난간 손잡이에 꼭 달라붙었다.

기차는 점점 더 속도를 내고 있었다.

아버지가 소리쳤다. 어서, 뛰어내리라니까! 미련하기는!

움직일 수가 없었다. 다리가 말을 듣지 않았다.

눈앞에서 철로를 따라 굵은 자갈, 돌멩이, 비탈이 휙휙 지나가고 있었다.

나는 뛰어내렸다.

할머니의 영국인 사촌 얼굴은 잊었지만 그 집 욕실의 낡은 세면대, 도수가 90도나 되는 술—어찌나 독한지 나는 목이 따가워서 눈물을 났다—, 무릎이 깨지고 손에 붕대를 감은 나를 보면서 "괜찮아! Nothing at all!"이라고 흥얼거리던 아버지를 기억한다.

"나를 데리고 할머니 사촌 조이스 뤠포드를 만나러 영국에 갔을 때 기억나요?"

아버지의 눈이 반짝인다.

"그럼! 기차!"

아버지가 농담을 한다.

아버지는 분명히 좋아지고 있다.

나는 그랑 팔레에 들어가서 미술관 안내원에게 초대장을 내밀었다.

평소의 습관대로 방향을 잡고 감상하기 시작한다.

통로 A, 통로 B, 통로 C.

한 전시실에 들어갔다 나온다. 다른 전시실에 들어갔다 나온다. 그렇게 계속 들어갔다 나온다.

나는 걷고 또 걷는다. 누군가가 나를 멈춰 세우더니 내가 아버지와 함께 오지 않은 것에 놀란다. 나는 설명하면서 쪽지에 적어준다. **브로카 병원, 3층 380호 병실**. 사람들이 슬픈 얼굴로 쾌유하기 바란다는 말을 전해달라고 한다.

또다시 통로 A, B, 나도 모르게 되돌아간 것이다.

그림, 데생, 조각, 사진, 비디오, 모든 것이 섞여 있다.

어울리지 않는다.

아버지 없이 나 혼자 피악 아트 페어*에 오기는 처음이다.

나는 아무것도 눈에 들어오지 않는다. 그저 쳐다볼 뿐이다.

무슨 소용 있을까?

여느 때 같으면 아버지에게 전화했을 것이다. 그러면 아버지는 당장 물었을 것이다. 볼만한 것들이 있어? 그리고 우리는 이탈리아 전시실 앞에서 만났을 것이다. 나는 여기 왼쪽 벽에 있는 리처드 롱**의 조각품을 가리켰을 것이다. 대리석에 진흙으로

---

* 매년 파리 그랑 팔레에서 열리는 국제 현대 미술 박람회(Foire Internationale d'Art Contemporain).

** 리처드 롱(Richard Long, 1945~). 영국의 전위미술가로 조각가이자 사진작가이며 화가다. 대표작 「걷기로 생겨난 선」(1975)을 통해 걷기를 하나의 미술 형식으로 만들었다.

자국을 남긴 미묘한 작품. 아버지는 어깨를 으쓱하면서 이렇게 말했을 것이다. 나야 당연히 이 작품 알지. 그러고는 씨익 웃었을 것이다. 우리 둘 다 같은 작품에 눈이 갔다는 사실이 기뻐서. 그리고 아마도 아버지는 자신이 먼저 알아봤다는 것에 훨씬 기뻐하면서.

나는 작품 앞으로 다가간다. 물렁물렁해 보이는 돌, 투명하고 가벼워 보이는 흙. 후, 하고 불면 흙먼지가 날릴 것 같다.

시야가 뿌옇다.

여길 나가고 싶다.

출구 쪽으로 뛰어간다. 내 앞에 나타난 남자가 불쑥 말한다. 아버님과 아직 마주치지 않은 거라고만 생각했는데……. 나는 대답하지 않고 도망치듯 그랑 팔레를 나온다.

"볼만한 것들이 있어?"

아버지는 파란색 커다란 비닐 턱받이를 목에 두르고 점심을 먹는 중이다.

"리처드 롱의 조각품 하나."

아버지는 숟가락을 내려놓고 머리를 흔들기 시작한다. 점점 빨리.

내 가슴을 아프게 하는 몸짓.

아버지가 눈을 감았다.

나는 아버지의 왼팔에 손을 올린다.

"모두 아버지 안부를 물었어요."

아버지가 약간 진정된다.

"누구?"

나는 그 사람들의 이름을 말하면서 덧붙인다.

아버지의 머리가 움직이지 않는다.

"몇 층 몇 호인지 알려줬어요. 아버지를 만나러 올 거예요."

아버지가 다시 눈을 뜬다.

나는 아버지에게 숟가락을 내민다. 아버지는 다시 먹기 시작
한다.

마침내 나는 사발 바닥을 싹싹 긁어준다.

드디어 아버지는 물을 마실 수 있다. 단 아직까지는 페리에
탄산수만 허락된다. 잘못 삼키거나 생리적 반사 또는 근육수축
이 일어날 때 탄산수의 기포가 소화가 잘되게 도움을 주기 때

문이다.

아버지는 잠이 든다.

왼쪽 다리가 시트 위에 놓여 있다. 허벅지 위쪽까지 올라오는 의료용 흰색 압박스타킹을 신은 다리.

아버지의 발목을 잡아 약간 들어 올려 접힌 시트를 빼내고 다시 올려놔야 하는데. 나는 붙박인 듯 서서 약간 구부러진 야윈 다리, 흰색 압박스타킹 속으로 윤곽이 뚜렷이 드러나는 무릎에서 눈을 떼지 못한다.

결혼하는 신부의 스타킹 같다.

아버지가 눈을 뜨더니 마치 입안이 텁텁한 듯 인상을 쓰다 다시 잠든다.

나는 아버지를 깨우고 싶지 않다. 병실을 나온다.

거리에 회색 쿠페* 한 대가 주차할 자리를 찾아 저속으로 주행을 한다. G. M.의 차. 창백한 얼굴을 얼핏 본 것 같다. G. M.의

---

* 문이 두 개인 2인승 자동차.

얼굴인 것 같다. 나는 재빨리 돌아서서 인도 쪽으로 뛰어간다. 자동문이 열리고 홀을 통과한다. 엘리베이터를 기다리지 않고 계단을 올라간다. 1층, 2층, 3층, 서쪽 복도. 아버지의 병실에 도 착했다. 아버지는 여전히 잠들어 있다. 나는 아버지의 발목을 잡고, 시트를 빼고 발목을 다시 올려주고, 턱 밑까지 시트를 덮 어준다.

그리고 아버지가 깨지 않도록 조심스럽게 시트 가장자리를 매트 밑으로 접어 넣는다.

이제 나는 간다.

나는 『르몽드』에서 피에르 베르제와 이브 생 로랑 컬렉션의 경매에 대한 긴 기사를 읽어준다. 내 사촌 프랑수아가 그 경매 를 담당하는 감정사이다.

아버지가 귀를 기울여 듣고 있다.

아버지의 안색이 정말 좋아졌다.

기사를 다 읽어주고 신문을 덮는다.

"어떻게 될지 궁금하구나."

나는 소스라친다. 지금은 10월이고, 경매는 2월 말이다.

따라서 넉 달 후.

이 말은 아버지가 이제 그 생각을 하지 않는다는 뜻이다.

"그렇다고 내 생각이 바뀐 거라고는 생각하지 마."

아버지는 나를 빤히 쳐다본다.

"네가 알아보고 있는 것 같지 않아서 말이야."

아버지의 얼굴은 엄격하다.

나는 시선을 내린다.

난생처음으로 아버지 앞에서 반항아가 된 느낌이다.

아버지는 권위적이지 않았다.

아버지는 내 성적표를 빠르게 훑어보고 이러쿵저러쿵 한마디도 않고 사인으로만―성적이 좋으면 사인을 길게, 성적이 별로면 사인을 짧게―감정 표시를 했다.

대학 졸업 후 내가 더는 공부를 하지 않겠다고 했을 때도 아버지는 강요하지 않았다.

아버지는 나를 체벌한 적이 없었고, 나는 그럴 기회를 주지 않았다. 청소년 시절 나는 밖에 나다니지 않았다. 체중이 85킬로그램이었고, 저녁마다 텔레비전 앞에 붙어 있었다.

아버지는 나에게 아무것도 금하지 않았다.

우리가 아일랜드 여행을 하고 돌아왔을 때였다. 나는 열다섯

살이었고 뚱뚱했다―아버지는 **거대한** 몸집이라고 했다. 아버지는 어깨를 으쓱하면서 말했다. **그래 가지고 남학생을 사귈 수나 있을까 몰라.**

나는 고개를 든다.

아버지의 눈이 나를 뚫어져라 쳐다보고 있다. 나를 지켜보고 있다.

그만. 나 좀 가만 내버려두세요.

병실에 비쳐든 햇살이 의자 위에 놓인 두툼한 베개의 누런 베갯잇을 비추고 있다.

갑자기 너무 덥다. 창문을 열어야 할 텐데. 하지만 나는 움직이지 않는다.

햇빛 속에서 숨 쉬듯 빵빵하게 부풀어 오른 베개에서 눈을 뗄 수 없다.

내 손가락에서 경련이 일어난다.

아주 쉬울 텐데.

보드라운 면, 폭신한 깃털. 구름. 아무것도 느끼지 못할 것이다.

아주 쉬울 텐데.

병실이 어두워진다. 햇살이 사라졌다. 아무것도 구별되지 않는다. 베개도 아버지의 눈도.

내 어깨가 늘어진다. 나는 조용히 숨을 내쉰다.

나는 지하철역을 나온다. 광장은 늘 조용하고 햇빛이 쏟아진다. 헌책방의 초록색 베란다 앞을 지나 단골로 다니던 담배 가게 맞은편 신호등을 보고 길을 건넌다.

날씨가 화창하다. 햇살에 등이 따뜻하다.

인도 식료품 가게의 향기가 난다.

구두 수선집, 세탁소의 빨래와 연마제 냄새, 동물 병원, 달라진 것이 없다.

눈을 감고도 갈 수 있을 것이다.

오르막길.

빨리 걷는다.

나는 서둘러서 그의 존재와 그의 침묵, 그리고 내가 안식을 느끼는 평온한 방을 찾아가고 있다.

내 무릎과 허벅지에 경사가 느껴진다.

어느 날, 나는 수를 세보았다. 그 집에 도착하기까지 496걸음.

모퉁이 대형 약국의 유리창에 비친 내 모습을 본다. 안색이 좋지 않다.

그는 틀림없이 내가 갑자기 늙었다고 생각할 것이다.

그는?

그의 전화 목소리는 늘 똑같다.

커튼을 내린 스탠드바, 도장과 스탬프 가게의 약간 우중충한 진열대, 구두 가게 진열창 안의 키 높이 구두들, 새로 생긴 레스토랑. 다 왔다.

A2496. 나는 비밀번호를 누른다. 전에는 번호 키가 없었다.

딩동. 전에는 인터폰이 없었다.

여자 관리인이 보이지 않는다. 관리실을 막아놓았다.

그녀가 키우던 하얀 개는 나를 보면 짖어댔다.

그 개는 이제 죽었을 것이다.

작은 마당의 장미나무에는 아직 꽃이 피어 있다.

높은 계단, 나는 협소한 대기실로 들어간다.

쿠션을 댄 문 너머에서 말소리가 들린다. 그의 목소리와 약간 우는 것 같은 여자의 목소리.

나는 가방을 뒤진다. 볼터치를 하고 립스틱을 약간 바른다.

눈 화장을 하려다가 나는 동작을 멈춘다.

아니, 아이펜슬이나 마스카라를 칠할 필요가 없다.

지난 몇 년 동안 정신 상담을 받으러 오면서 눈 화장을 한 적이 없었다.

눈물 흘릴 경우를 대비해서.

마룻바닥 삐걱거리는 소리, 약간의 소란, 마당에서 나는 구두 소리. 여자가 나가고 있다.

이제 내 차례다.

긁히는 소리를 내면서 문이 열린다.

"봉주르."

그의 머리가 백발이다.

그가 미소를 지어 보인다.

아름다운 미소.

그의 따뜻하면서 재빠른 악수.

그는 나를 보며 긴 의자가 아니라 자기 맞은편에 있는 안락 의자를 가리킨다.

그리고 그는 문을 닫는다.

하나, 둘, 셋. 들어간다. 얼음장처럼 차갑다. 숨이 턱 막힌다. 빨리 몸을 움직여야 한다, 발을 구른다, 나는 몸을 흔든다, 훨씬 나아진다.

물속에 머리를 담근다. 바위, 시커먼 해초, 성게, 물고기 몇 마리가 보인다.

차가운 물에 관자놀이가 죄어든다.

그래서 나는 헤엄친다.

있는 힘을 다해 헤엄친다. 저기 모래사장을 향해, 먼바다를 향해.

나는 혼자다. 11월 11일, 아무도 헤엄치지 않는다.

세르주가 모래사장에 서서 나를 바라보고 있다.

나는 괜찮다는 손짓을 보낸다.

팔과 다리가 뻣뻣해진다. 나는 기지개를 켠다.

그래, 괜찮아.

물이 내 몸을 따라 흘러내리면서 나를 적시고 씻어준다. 물에 모든 것이 휩쓸린다. 노란 베개, 어릴 적 나의 **거대한** 몸집, 아버지의 머리.

세관 길이 너무 좁아서 우리는 나란히 걸을 수가 없다. 안이 빨리 걷고 나는 뒤를 따라간다. 안이 웅덩이를 건너뛰고 흰 운동화에 눈을 고정하면서 커다란 돌멩이를 피한다. 나도 똑같이 따라한다.

안은 돌아보지도 않고 아버지의 상태에 대해 묻는다.

뇌졸중이라고도 하는 뇌혈관 장애, 우울증, 나는 모두 말한다.

안의 목덜미와 어깨가 뻣뻣해지는 걸 보면 내 말을 듣고 있는 것이다.

아버지가 나한테 끝내게 도와달라고 했어.

해 질 무렵 유칼립투스와 카레 향이 나는 길에서 이런 말을 했기 때문일까? 처음으로 문장에서 멜로디 같은 것이 느껴진다.

아버지가나한테끝내게도와달라고했어.

안은 걸음을 늦추지 않는다.

나는 바싹 쫓아간다. 어찌나 다가갔는지 그녀의 오른쪽 어깨뼈 밑, 파란색 스웨터 실 사이에 갇혀 버둥거리는 조그만 벌레가 보일 정도이다. 안이 갑자기 멈춰 선다. 나는 그녀를 안을 뻔했다.

연한 장밋빛 햇살을 받아 그녀의 얼굴이 훨씬 부드러워 보인다. 아주 가까운 데에서 물 찰랑거리는 소리가 들린다. 안이 미소를 지어 보인다.

"그래, 잘한 거야. 나한테 말한 거."

안은 오래전부터 자신의 죽음에 대한 '자기 결정권'을 지지하는 단체 회원으로 활동하고 있다.

"내가 도와줄게."

우리는 오던 길로 되돌아간다. 공기가 서늘해졌다. 해가 진다. 멀리 집이 보인다. 집집마다 불이 켜진다. 많은 사람이 살고 있다.

저녁 식사는 즐거울 것이다.

나는 배가 고프다.

아버지는 아무것도 건드리지 않았다. 음식이 식었다.

나는 휴가를 떠나 있는 동안 날마다 파스칼에게 전화를 걸었고, 동생은 매번 아버지가 식사를 잘하고 있다고 말했다.

"배 안 고파요?"

대답이 없다.

뭔가 좋지 않다.

내가 들어갔을 때 아버지는 돌아누워 있었다. 그리고 내가 입맞춤을 하려고 몸을 숙였을 때도 움직이지 않았다.

나는 고집하지 않았다. 지독한 감기에 걸려 있어서 아버지에게 옮기고 싶지 않다.

닷새 동안이나 휴가를 떠났다고 나를 원망하는 걸까?

그렇지만 나는 떠나기 전에 아무 데도 가지 않기를 바라는지 물었고, 아버지는 "전혀"라고 대답했다.

"아빠, 왜 그래요? 무슨 일이에요?"

나는 침대를 돌아간다. 아버지가 반대쪽으로 돌아눕는다.

아버지는 얼굴을 감추려는 것 같다.

"아빠, 나 좀 봐요."

"내버려둬."

나는 어찌할 바를 몰랐다. 나는 콧물을 흘리면서 거기 붙박인 듯 서 있다.

"가라."

나는 갈 것이다. 하지만 나가기 전에 침대맡 탁자 위에 있는 크리넥스를 뽑아서 코를 푼다.

갑자기 코가 뚫린다.

그래서 냄새가 느껴진다.

어떻게 더 일찍 냄새를 맡지 못했을까?

아버지가 똥을 뭉개고 있은 지 몇 시간이 된 게 틀림없다.

"갈아달라고 말하지 않았어요?"

아버지는 대답하지 않는다. 아버지가 울고 있다.

나는 창문을 연다.

어머니는 늘 이렇게 말했다. 앙드레는 너무 깔끔해서 탈이야.

전쟁이 일어났을 때 아버지는 런던에 있는 자유프랑스군*에 합류하기 위해 에스파냐를 경유하는 도중 체포되어 미란다데에브로 캠프에 억류되었다. 아버지는 거기서 이질에 걸렸는데 화장지가 없어서 결국 마지막 남은 지폐로 닦아야 했다는 말을 자주 했다.

---

* 드골 장군이 이끌었던 대(對)독일 저항단체.

간호사들의 데스크로 가보니 식사 후 휴식 시간이다.

이따가 갈아드릴 거예요.

병실로 들어가기 전 나는 문 위쪽의 빨간 호출 램프가 켜져 있는 걸 확인했다.

"여기 있지 말고 가."

나는 침대에 다가가서 아버지의 팔에 손을 올린다.

가지 않을 것이다.

창문과 침대 사이에 앉는다.

감기 덕분인가? 냄새가 역겹지 않다.

아버지와 어머니는 욕실 문을 닫는 일이 거의 없었다. 파스칼과 나는 아버지가 욕조 안이나 세면대 앞에서 벌거벗고 있는 걸 봤다.

이따금 벌거벗고 화장실 의자에 앉아 있을 때도 있었다.

아버지는 거북해 하지 않았다.

우리도 그랬다. 나는 그랬다고 생각한다.

나는 동생과 그 얘기를 한 번도 한 적이 없다.

복도에서 발소리가 들리다 멀어져간다.

소용없겠지만 나는 한 번 더 호출 벨을 누른다.

아무도 오지 않는다.

점심 식사 쟁반에 담긴 베이지색 퓌레는 굳어 있었다.

좋아, 내가 치우자.

나는 짜증이 난다.

욕실 문을 열고 불을 켰다. 네온 불빛이 깜빡거리다 안정이
된다.

뭔가가 내 볼에 스친다. 천장에 매달린 환자용 가죽끈이다.

플라스틱 걸상에 새 기저귀가 놓여 있다.

아주 커 보인다.

가랑이의 불룩한 부분이 커다란 혀 같다.

아니, 나는 할 수 없다.

불을 끄고 욕실 문을 닫는다. 나는 돌아와서 앉는다.

그리고 우리는 기다린다.

우리는 두 시간을 기다렸다.

닥터 H는 뜻밖의 불미스러운 일에 대해 진심으로 사과했다.
병원은 현재 이런 일을 맡는 부서의 인원에 문제가 있는 것이
틀림없다.

하지만 나는 걱정하지 않는다. 닥터 H가 다시는 이런 일이
일어나지 않게 개인적으로 신경을 쓰겠다고 하니까.

나는 집으로 돌아가서 컴퓨터를 켰다. 안이 메일을 보냈다. 단체의 대표에게 연락해서 상황을 설명했고, 내 연락처를 전했다는 내용이었다.

대표가 곧 전화를 걸어올 것이다.

나는 잠시, 태국 레스토랑에서 윗입술에 맥주 거품을 묻히고 있던 파스칼을 떠올린다.

"'끝내게 도와달라'라는 말이 **정확하게 무슨 뜻인데?**"

하얀 바탕에 있는 검정 글씨들을 응시한다. **대표가 곧 전화할 거야.**

정확하게.

나는 눈을 깜박인다. 모니터 화면에 눈이 부시다.

종료를 누른다.

네모난 회색 창이 나타난다.

지금 컴퓨터를 끄시겠습니까? 51초 후 시스템이 자동으로 종료됩니다.

나는 거꾸로 센다.

나는 굳어버렸다.

내가 **정말로** 아버지가 끝내게 도와주려는 건가?

6, 5, 4, 3, 2, 1.

제로.

나는 벌떡 일어난다. 방에 적막이 흐른다. 아무 소리도 나지 않는다. 세르주 소리가 들리지 않는다. 그가 코를 골지 않는다. 숨을 쉬지 않는 거라면? 베개에 놓인 그의 새까만 머리가 보인다. 그는 움직이지 않는다.

나는 몸을 숙이고 그의 입술에 뺨을 댄다. 숨소리가 나지 않는 것 같다.

그의 팔을 만진다. 피부가 차갑다. 그가 전혀 움직이지 않는다.

세르주. 나는 그를 흔들어본다. 세르주. 나는 거의 소리를 지른다.

마침내 그가 움직인다. 왜 그래?

나는 대답하지 않는다. 내 이가 딱딱 마주친다, 몸이 덜덜 떨린다.

당신 열이 나잖아. 내 이마를 짚어보는 그의 손이 시원하다.

그는 불을 켜고 일어나서 물 한 잔과 해열제 돌리프란 두 알을 갖고 돌아온다. 나는 알약을 삼킨다.

그가 다시 누워 나를 끌어안는다.

내 턱뼈가 진정된다.

차가운 청진기가 닿는 순간 나는 소스라쳤다. 일반개업 의사는 여느 때처럼 미소를 지었다. 의사에게서 좋은 냄새가 났다. 나는 요즘 유행하는 바이러스에 감염된 것 같았다. 그리 심각하지는 않았다. 의사는 체온을 내리기 위해 이부프로펜을 처방했다. 의사는 휴식, 또 휴식, 무조건 휴식을 취하라고 당부했다.

웡 웡 웡. 나는 깜짝 놀란다. 휴대폰이 진동하면서 깜빡거린다. 푸르스름한 화면에 모르는 번호가 떠 있었다.

나는 전화를 받기도 전에 누군지 알았다.

여자는 단체의 대표 엘리안 주세옴이라고 자신을 소개했다.

약간 처량한 목소리.

나는 일어난다. 맨발에 닿는 바닥이 차갑다.

엘리안이 질문했다.

나는 자세히 얘기한다. 뇌혈관 장애, 우울증, 그리고 **이건 내가 아니라고** 하면서 자기 자신을 받아들이지 못하는 아버지.

거실 창문으로 다가갔다. 밖은 이미 밤이었다. 나는 커튼 사이로 길 건너편 텔레비전 수상기의 움직이는 불빛을 바라본다. 엘리안 주세옴이 한숨을 내쉰다.

"아버님이 **육체적으로는** 고통스럽지 않은 거 맞나요? 모르핀이나 펜타닐 같은 마약성 진통제 치료를 받지 않는다는 거죠?"

"네."

침묵이 흐른다.

나는 숨을 죽인다. 엘리안은 미안하지만 이 경우는 단체에서 도와드릴 수 없다고 말할 것이다.

손이 젖어서 휴대폰이 미끄러질 뻔했다.

"아시겠지만 프랑스에서는 뱅상 욍베르*와 샹탈 세비르** 사건 이후로 많이 까다로워졌습니다. 전에는 이런 일에 대해 말이 많지 않았지만 지금은……."

---

* 뱅상은 2000년 자가용으로 귀가하던 중 트럭과 충돌하는 사고를 당했다. 병원에서 9개월 동안 혼수상태로 있다가 시각, 미각, 후각을 모두 잃고 말도 할 수 없는 채로 머리와 오른손만 겨우 움직이는 전신마비 상태에서 깨어났다. 하지만 결국 사고일 3년째 되는 날, 어머니와 의사의 협조로 안락사를 선택했다. 뱅상은 자신이 의료집착행위의 희생양이라고 말했다. 다시 말해, 소생술로 인해 육체적·정신적 고통에 시달려야 하는 무의미한 생명 연장을 강요받았기 때문에 안락사 이외의 다른 선택은 할 수 없다고 이야기했다. 안락사를 반대하는 사람들 가운데서도 의료집착행위만 없어지면 고통에서 해방되기 위해 안락사를 원하는 환자는 상당수 줄어들 것이라고 지적하는 이들이 많다. 목적 없이 생명만 연장하기보다는 치료 중단을 통해 환자의 고통을 최소화시켜야 하며, 이러한 행위는 정당화될 수 있고 적극적으로 권장할 사안이라는 것이다.

건너편의 텔레비전 수상기에서 섬광이 일어나는 것으로 보아 총격 장면이 나오는 게 틀림없다.

엘리안은 레오네티 법과 수정안***을 설명하면서 그 뒤로 의사들과 환자들은 어쩔 수 없는 딜레마에 빠져 있다고 덧붙였다.

"아버님 얘기로 돌아가서, 프랑스에서는 우리가 아무것도 해드릴 수가 없습니다."

맞은편에서는 플래시처럼 번쩍번쩍하는 섬광이 계속되고 있다. 경기관총 일제사격, 수류탄 투척, 폭발.

"스위스로 가셔야겠어요. 우리가 접촉하는 단체에 당신의 연락처를 보낼 수는 있어요. 환자를 맡아주실 부인은 아주 출중한 분입니다."

길 건너 텔레비전에서는 폭발이 그쳤고, 화면이 시커메졌다.

** 전직 교사였던 샹탈은 8년 동안 코 주위가 부풀어 오르면서 얼굴이 비틀어지는 악성 종양으로 심한 고통을 받았다. 온갖 약물을 복용하며 치료를 계속했지만, 고통은 가라앉지 않고 증세는 더욱 악화되면서 의료진조차 원인을 알 수 없다며 손을 놓고 말았다. 결국 샹탈은 더 이상의 고통을 원하지 않는다며 법원에 안락사를 허락해달라고 소송을 제기했지만 기각됐다. 샹탈은 법원의 기각 판결이 내려지고 이틀 뒤 자신의 집에서 숨진 채로 발견되었으며 정확한 사인은 아직 알려지지 않았다.

*** '죽고 싶다, 죽여달라'라는 뱅상의 처절한 외침이 프랑스에서 반향을 불러일으켜 2005년 레오네티 법안을 탄생시켰다. 이 법이 치료를 중단하고 죽도록 내버려두는 '소극적 안락사'의 합법화를 불러왔다. 그러나 죽음을 곧바로 야기하고자 독극물을 투여하는 '적극적 안락사'는 여전히 허용되지 않는다.

사방에 피, 갈가리 찢긴 시신들이 널브러져 있을 것이다. 그리고 부상자들의 신음 소리만 들리는 끔찍한 고요가 흐를 것이다.

"걱정하지 마세요. 내가 동행해드릴게요."

갑자기 아버지의 목소리가 들리는 것 같다. **아무튼 나는 특히 그 여자가 우리와 함께 가는 걸 원치 않아.** 다리가 후들거린다. 나는 침대까지 가지 못할 것이다.

깜빡 졸았다.

나는 이따금 눈을 뜬다. 내 옆에 있는 푹신한 이불에 반쯤 파묻힌 검정 휴대폰이 흡사 권총 손잡이처럼 보인다.

"아, 너 왔구나."

그래도 봉주르.

내가 입맞춤을 하려고 몸을 숙이자 아버지는 약간 돌아눕는다. 나는 개의치 않고 입을 맞춘다.

바이러스 독감 때문에 일주일을 오지 못했다. 아버지는 휴가를 떠났다고 나를 원망하는 것이 아니라 병이 났다고 원망하는 것이다.

"아빠, 나한테 화났어요?"

"거의 아냐."

내가 미소를 짓는다. 나는 아버지가 **거의 아니**라고 말할 때가 좋다. 그리고 아버지도 그걸 알고 있다.

탁자 위에 초콜릿 두 상자와 난초 화분이 놓여 있다.

"손님들 왔다 갔어요?"

아버지는 고개를 흔든다. '전혀 관심 없다'라는 뜻이다.

"소식이 있어요."

"아?"

움직인 건 아닌데 갑자기 아버지 몸이 긴장하는 것 같았다.

나는 단체의 대표와 통화한 내용을 이야기한다.

프랑스에서는 너무 위험하다고 설명할 때 아버지가 말을 끊는다.

"누구에게 위험한데?"

"나에게 위험해요."

흥. 으쓱 올라가는 한쪽 어깨.

"그래서 어떡하자고?"

아버지의 목소리에서 초조함이 느껴진다.

"스위스 단체의 연락을 기다리고 있어요. 아마 거기로 가야 할 거예요."

아버지가 머리를 든다.

"스위스? 좋지."

그리고 아버지는 하품을 한다. 긴 하품 소리.

아아아아함.

바캉스를 떠날 때 아버지는 자주 이렇게 소리 내서 하품하며 말했다. 정신적 휴식이지.

머리가 내려가고 아버지는 눈을 감는다.

아버지의 약간 주름진, 동그란 얼굴. 어머니의 말이 생각난다. **아기들은 다 앙드레를 닮았어.**

스위스 부인의 약간 떨리는 목소리. 나는 나이가 지긋한 부인이라고 상상한다. 부인이 프랑스어로 말하는데 억양이 강하다. 반신불수, 우울증 치료제 미안세린, 기저귀, 나는 아버지의 상태를 설명하면서 음절을 끊어 천천히 또박또박 발음했다.

아버지가 나한테 끝내게 도와달라고 했다는 말을 하자 부인이 내 말을 끊었다.

"그러니까 아버님이 죽고 싶어 한다는 건가요?"

스위스 부인은 **죽는다**는 표현을 썼다. **끝낸다**는 표현이 아니라.

"여보세요? 듣고 있어요?"

네.

스위스 부인은 우리—파스칼과 나를 먼저, 아버지는 나중에—를 만나겠다면서 3주 후 파리에 오겠다고 제안했다.

그래요.

스위스 부인은 이동과 숙식 경비 300유로를 부담하는 데 동의하는지 물었다.

물론.

"그럼 12월 12일 오전 10시 내가 묵는 호텔에서 봐요."

나는 일정을 적었다.

그때 봐요. 베르네임 씨. 스위스 부인이 전화를 끊었다.

나는 잠시 휴대폰을 응시한다.

아버지가 나한테 전화를 걸지 않은 지, 아버지의 전화번호가 화면에 뜨지 않은 지 두 달 가까이 되었다.

연락처 목록을 연다.

아버지는 세 번째에 있다. 세르주와 내 동생 다음으로.

06 07 87 08 84

앙드레

갑자기 위스키 맛이 생각난다. 7년 전 아버지가 반의식 상태로 소생실에 누워 있는 동안 파스칼과 내가 마셨던 위스키의 맛인가? 우리는 천장이 낮고 항상 추운, 작은 아파트에 살고 있었다. 병원내감염으로 인해 아버지에게 정맥염이 발병했다는 걸 알고 있었다. **생명에 지장을 줄 수도 있다**는 진단이었다. 그때 파스칼은 아버지 없는 삶은 생각도 할 수 없다고 고백했었다.

휴대폰 화면이 어두워진다. 이제 곧 화면이 시커메질 것이다. 아직은 숫자 8들과 앙드레의 A가 보인다.

그리고 더는 아무것도 보이지 않는다.

아버지 없는 삶, 그건 어둠일 것이다. 그리고 침묵일 것이다.

늘 그렇듯 나는 아버지가 잠들어 있을 것을 생각해서 살그머니 들어간다. 침대를 향해 몇 걸음 가다가 멈춰 선다. 사이드 레일이 내려져 있고, 시트가 매끈하게 정리되어 있다. 아무도 없다.

"뉘엘!"

나는 돌아본다.

아버지가 앉아 있다.

아버지는 짙은 초록색 체크무늬 셔츠—아버지가 **푸르뎅뎅하다**고 말하는—에 베이지색 마직 바지를 입고 있다.

나는 눈을 깜박인다.

잠깐 동안 모든 것이 예전으로 돌아온 것 같다. 아버지는 병마를 떨치고 일어날 것이고, 나는 아버지를 어머니가 있는 집으로 데려갈 것이다. 아버지가 발을 질질 끌면서 약간 뒤뚱거리며 복도로 나갈 것이고, 홀에 도착하면 이렇게 말할 것이다. 택시 잡을 필요 없다, 83번 버스를 타면 직행인데. 우리는 웃을 것이다. 몸이 무겁다. 나는 침대에 쓰러지듯 눕는다. 피이익, 욕창 방지 매트리스가 내 몸 밑에서 부풀어 오른다.

하품이 나온다.

길게 누워 또 한 번 하품을 한다.

"왜 그러니?"

"휴식을 취하는 거예요."

아버지가 껄껄대고 웃는다.

내 아버지.

닥터 H는 낙관적이다. 아버지가 한 시간을 앉아 있었으니 앞으로는 점점 시간이 늘어날 것이라고 내다봤다. 닥터 H는 노트를 톡톡 쳤다. 뜻밖의 일이 일어나지 않는 한 아버지는 2주 후쯤 여기서 나갈 수 있을 것이다.

파스칼과 나는 동시에 일어난다.

"집으로 가도 된다는 뜻이에요?"

닥터 H는 고개를 저었다.

아니, 아버지는 아직 의료시설이 필요하다. 닥터 H는 우리가 아는 임상의학 클리닉을 권했다. 5년 전 어머니가 대퇴골이 골절되어 요양한 곳이다.

닥터 H는 아버지의 진료기록을 클리닉 소속의 동료 닥터 J에게 보내겠다고 말했다.

닥터 H는 우리에게 서류 한 장을 내밀었다.

"마드무아젤* T와 약속 날짜를 잡으세요."

---

* 미혼 여성에 대한 경칭.

118

비가 내리지만 나는 개의치 않고 콧노래를 흥얼거리면서 버스 정류장까지 걸어간다. 버스가 왔다. 봉수아르*. 버스 기사가 나에게 미소를 짓는다. 나는 단말기에 교통카드를 찍는다.

버스 맨 뒤 오른쪽 좌석이 비어 있다.

내가 좋아하는 자리. 주로 노인들, 그리고 간혹 임산부들이 이 클리닉을 찾는다.

나는 엔진이 있는 불룩한 부분에 몸을 대고 앉는다.

표면이 미지근하다, 아니 거의 따뜻하다.

우울증 치료제의 효과가 있으면 아버지는 나을 것이고 브로카 병원을 떠날 것이다.

단체에 연락할 일도, 스위스에 갈 일도 없을 것이다.

나는 눈을 감는다.

내 옆구리에서 엔진이 붕붕거린다.

다 잘될 것이다.

파스칼은 부모님의 아파트 건물 관리자에게 전화를 걸었다. 엘리베이터가 멈추는 층과 층계참 사이를 휠체어 이동에 편리

---

* 오후에 하는 간단한 인사말이다.

하게 만들려면 특별 총회의를 열어서 사전에 공유자들의 동의를 받아야 하기 때문이다.

나는 방과 욕실의 문턱을 없애고 브로카 병원에 있는 것 같은 핸드레일을 설치하기 위해 의료설비 회사와 약속을 잡았다.

세르주와 나는 이브 생 로랑의 아파트를 방문했다. 여러 가지 물건과 그림이 크리스티 경매사로 넘어가기 전에 두루 돌아보았고, 모인 사람들을 유심히 살피면서 뷔페로 내놓은 작은 케이크들의 맛을 봤다. 내일 아버지에게 자세히 얘기해주고 싶어서.

잠을 자지 않고, 아버지에게 들려줄 이야기를 준비한다. 갑자기 생각나는 것들을 메모해놓으려고 두 번이나 일어났다.

나는 어둠 속에서 혼자 낄낄거린다.

아버지가 웃을 거라고 확신한다.

"스위스에서는 소식 없니?"

나는 아버지에게 정원을 묘사할 겨를조차 없었다.

대답하지 않는다. 뭐라고 말해야 할지 몰라서.

"내가 물었잖아."

"아뇨, 없어요. 하지만 우리는 아파트를 개조하고 있어요. 아버지가……."

"조용히 있게 놔둬. 나는 돌아가고 싶지 않아."

아버지가 숨을 내쉬면서 고개를 흔든다.

"혼자 있고 싶다."

나는 가방을 집어 든다.

"면도기를 가져다주면 고맙겠다."

병실 문을 닫기 전 나는 파란색 휠체어에 쑥 들어앉은 아버지의 작아진 몸을 보면서 눈물이 핑 돈다.

내가 몸에 바싹 달라붙자 세르주가 두 팔로 나를 감싸 안았다. 나는 그의 호흡에 맞춰 숨을 쉬어보지만 이번에는 잠이 오지 않는다.

욕실 전등을 켰다. 세르주의 면도기가 세면대 가장자리에 놓여 있다. 아버지의 면도기와 똑같은 것이다. 코브라의 목처럼 넓어지는 검은색 금속 손잡이, 평행을 이루는 세 개의 섬세한 면도날.

이것으로 혈관을 벨 수 있을까? 나는 왼손으로 면도기를 쥐고 내 오른쪽 손목으로 가져간다. 더 가까이. 좀 더 가까이.

아야. 베었다.

깊지 않지만 피가 난다.

찬물, 소독, 반창고.

컴퓨터를 부팅했는데 무슨 소리가 울린다. 나는 이런 소리를 이토록 명확하게 들어본 적이 없다. 소리라기보다는 어떤 음률 같다. 파스칼에게 물어볼 것이다. 동생은 알 것이다. 나는 스위스 단체의 이름을 친다. 홈페이지는 아주 간단하다. 왼쪽 위로는 평온하고 투명한 바다 사진, 그 아래쪽에 같은 파란색으로 두 개의 이름—이 중 하나는 스위스 부인의 이름—, 우편사서함 주소와 접속 링크, 중앙에는 독일어로 된 본문, 오른쪽은 아무것도 없이 비어 있다.

나는 컴퓨터 화면에서 잠시 마우스 커서를 움직여보았다. 검정 화살표 모양 커서는 내가 채우지 않은 칸에서만 흰색 손 모양으로 변경되었다.

스위스 단체의 사이트는 한 페이지에 불과했다.

나는 자러 가려다가 긴 글자, 본문 중앙에 나타나 있는 지네처럼 시커멓고 굵은 활자에 시선이 꽂혔다.

Selbstbestimmung

이게 무슨 뜻이지?

나는 대시보드를 클릭했다. 남극의 바다처럼 파란 색깔의 네모난 창이 떴다.

독일어로 번역

프랑스어로 번역

애플리케이션을 실행하고 단어를 한 글자, 한 글자 쳤다.

S-e-l-b-s-t-b-e-s-t-i-m-m-u-n-g

나는 숨을 죽인다.

'자결.'

방이 조용하다. 나는 렉소밀을 4분의 1로 쪼개서 삼킨다. 4분의 1조각 한 개를 더 삼켰다.

세르주의 몸이 뜨겁다.

나는 한순간 청회색 바다 같은 네모난 창을 떠올려보지만, 창은 이내 지워지고 **자결**이라는 검정 문자가 나타났다가 일그러진다. 자기 파괴. 터미네이터, 폭발, 지뢰밭.

내 머리가 폭발한다.

환하고 밝은 분위기의 대기실. 작은 원탁 위에 놓인 영화 잡지들. 나는 그 잡지들 중에서 첫 번째 호를 뒤적거린다. 「클래스*」는 관객 수가 150만 명이 넘었다. 150만 관객 중에 내 아버지가 포함되어 있다. 아버지가 뇌혈관 사고를 당하기 전날 친구 G. M.과 함께 보러 갔던 영화. 20시 상영. 극장의 불이 꺼지자마자 아버지는 잠들었던 게 틀림없다. 몇 년 전부터 아버지는 영화관이나 텔레비전 앞에서 거의 매번 잠이 들었다. 아버지의 눈꺼풀이 감기고 턱이 풀리면서 목에서 나는 소리가 들렸다. 아버지의 머리가 가슴 쪽으로 기울다가 갑자기 바로 섰다가 다시 기울어졌다. 그럴 때마다 파스칼이 흉내를 냈고, 우리는 웃음이 터졌다.

"엠마뉘엘 베르네임."

뾰족한 검정 에나멜 구두. 일반의가 내 앞에 서 있다. 의사가 미소를 짓는다. 나는 일어났고, 의사가 악수를 한다. 나는 의사가 지나가면서 남기는 은은한 향수 냄새를 맡으면서 사무실로 따라간다.

---

* 「The Class」, 로랑 캉테 감독의 영화로 원제는 '담장 사이에서(Entre Les Murs)'이다. 2008년 프랑스 칸 영화제에서 황금종려상을 받았다.

의사는 안락의자에 앉는다.

"무슨 일이십니까?"

좌측 맥락막 경색, 무증상 경동맥류, 반신불수, 우울증, 아버지가 죽게 도와달라고 했다. 스위스 단체, 안락사를 호소했던 샹탈 세비르, 면도기, 내가 아직 아무에게도 말하지 않은 스위스 부인과 12월에 만나기로 한 약속, 나는 모든 걸 얘기한다.

의사는 책상에 팔꿈치를 괴고 몸을 앞으로 숙인 자세로 내 얘기를 듣고 있다.

전화가 여러 번 울렸지만 의사는 듣지 못한 것 같다.

"견딜 수가 없어요."

의사는 두 손을 마주 잡고 깍지를 낀다.

"부인 말고 아버님이 얘기할 만한 다른 사람은 없습니까?"

나도 이미 그 생각을 했다. 아버지의 절친한 친구 다니엘이 있지만, 건강 상태가 좋지 않아서 곧 심장 수술을 받을 예정이다.

"네, 없어요."

"부인이 거부하면 어떻게 될까요?"

베이지색 퓌레, 초록색 죽, 숟가락을 가져가면 입술을 꽉 다물고 고개를 흔드는 아버지. 점점 안색이 창백해지고, 점점 야위어가면서도 머리를 흔들며 먹는 걸 거부하는 아버지.

그러다 더 이상 움직이지 못하는 아버지.

내 아버지는 그렇게 될 것이다.

나는 약사에게 처방전을 내민다.

"복제약으로 줄 수도 있는데 그걸로 드릴까요?"

"네."

약상자를 본다. **플루옥세틴*.**

이거면 세르주는 내가 프로작을 복용한다고 생각하지 않을 것이다.

일주일 동안 아침마다 반 알, 그다음부터 한 알씩 먹으면 좋아질 것이다. 석 달 복용.

다음 달부터 석 달. 12월, 1월, 2월.

부르르 떨리고 갑자기 프랑스 지도가 떠오른다. 교실 벽에 붙어 있던 지도, 울퉁불퉁한 초록색과 황토색 선, 핏줄 같은 강줄기. 스위스를 향해 비스듬히 가로지르는 노선. 검은색 천을 씌운 아버지의 시신과 함께 파리를 향해 되돌아오는 파스칼과 내 모습을 상상한다.

---

* 프로작은 우울증 치료제의 상품명이고, 플루옥세틴은 성분명이다.

죽음.

하얀 알약은 쉽게 반으로 쪼개진다.

내 혀에 닿은 약에서 아니스 맛이 난다.

아버지는 이 클리닉이 가입한 단체 회장과 잘 아는 사이다. 어제 도착해서 병실에 들어가니 꽃다발과 초콜릿이 기다리고 있었다.

아버지는 이제 회색 신형 휠체어를 사용한다.

머리 받침, 기울일 수 있는 등받이, 욕창 방지 방석, 마비된 오른팔을 위한 깁스 부목, 각도 조정이 가능한 발판이 달린 다리 받침. 작업요법사가 브로카 병원을 떠나기 전에 미리 조정해 준 휠체어였다.

세르주와 나는 아버지를 마주 보고 앉았다.

클리닉 건물과 커튼이 오렌지색이다. 우중충한 12월인데도 두 개의 대형 창문 덕분에 병실이 환하다.

세르주가 무슨 이야기를 하고 있지만 아버지는 듣지 않는다. 아버지의 시선이 내가 앉은 물결무늬 의자의 다리에 고정되어 있다.

"스위스 부인이 오면 이 의자에 앉게 할까요?"

스위스 부인이 약속 시간을 확인했었다. 내일 아침 10시. 파스칼과 내가 먼저 부인이 묵는 호텔로 가서 만날 것이고, 그다음 부인을 이곳으로 데려와서 아버지를 만나게 할 것이다.

"응."

아버지는 고개를 끄덕인다.

"알았어요."

아버지가 왼손을 들고 엄지손가락과 집게손가락을 세운다. 얼마 전부터 아버지가 무슨 중요하게 할 얘기가 있을 때 하는 동작이다.

"나한테는 효력이 센 것을 써야 한다는 걸 꼭 알려줄 생각이다. 아니면 잘 안 될 거야. 관상동맥 시술을 받은 뒤로 내 심장이 아주 튼튼해졌거든."

비가 내린다. 긴 버스 안이 만원이다. 나는 아코디언* 쪽으로 떠밀린다. 갑자기 엘뵈프의 기차 차량들 사이에 있는 주름 모양의 연결 부위, 찬 공기, 드래곤의 옆구리처럼 펴졌다 접히는 칸막이가 떠오른다. 어머니는 기회가 나는 대로 엘뵈프를 떠났다. 목요일마다 나를 데리고 파리에 있는 치과로 갔다. 대기실에는 자수정 빛깔의 크리스털 덩어리가 있고, 그 안에 보라색 송곳니들이 줄지어 있었다.

압박이 더 심해지면 나는 견디지 못할 것이다. 주름 모양의 이 아코디언은 드래곤이 아니고, 나는 이제 어린 소녀도 아니다. 내 몸이 회색 지그재그 주름 쪽으로 밀린다. 버스가 회전하면서 내 발밑에서 금속 바닥이 돌아간다. 나는 손잡이를 붙잡을 필요가 없다. 나는 강하다. 아버지의 심장처럼.

강변을 따라 걸어간다. 비는 그쳤고, 공기에서 브르타뉴** 냄새가 난다. 나는 박스 모양의 헌책방 건물 사이 벽에 기댄다. 돌이 바위처럼 축축하다. 나는 흘러가는 회색 강물을 본다. 물살

---

* 아코디언 같은 관절을 사용하여 차량을 연결하는 장치.
** 프랑스 북서부의 반도 지역.

이 세차다. 갑자기 헤엄치고 싶은 충동이 일어난다. 강물을 따라 바다까지 흘러가고 싶다. 센마리팀*. 그러면 엘뵈프로 돌아갈 수 있을까? 하지만 엘뵈프의 집은 오래전에 팔렸고, 지금은 개조되었을 것이다. 아버지가 말해주던 집을 알아보지 못할 것이다. 마리옹이 기어오르다 굵은 가지를 부러뜨린 목련나무는 이제 없을 것이다. 그 무성하던 목련꽃과 분홍빛 싹. 나는 센강을 등지고 길을 건넌다.

작은 호텔의 유리문을 밀고 들어가자마자 우리의 시선이 마주친다. 나는 중년 여성이 스위스 부인이라는 것을, 부인은 만날 사람이 나라는 걸 안다. 나는 부인을 향해 가고, 부인은 내 쪽으로 다가온다. 큰 키에 호리호리한 몸매, 스웨터에 검은색 바지, 금빛 장신구. 환한 미소. 차가운 벽을 만진 후라서 스위스 부인의 손이 따뜻하게 느껴진다.

파스칼을 기다리는 사이, 부인은 행정관으로 재직하다 은퇴한 뒤 의대 교수인 친구가 설립한 단체에 들어갔다고 자신을 소개한다.

---

* 프랑스 북서부 오트노르망디주에 있는 데파르트망.

강렬한 눈빛, 아버지가 이 부인을 마음에 들어 할 거라고 확신한다. 드디어 파스칼이 온다. 동생의 하얀 레인코트, 커피숍이 환해진다. 동생은 스위스 부인과 악수를 하고, 내 뺨에 입을 맞춘다.

우리는 커피 세 잔을 주문한다.

"이제 아버님에 대해 얘기해주세요."

우리는 아버지의 일상에 대해 얘기한다. 손자 라파엘을 데리고 세계 곳곳을 여행했다는 것, 레스토랑에서의 저녁 식사, 콘서트, 영화, 전시회, 박람회, 우리가 전혀 모르는 야밤 외출—아버지는 그걸 '바람 쐬는 것'이라고 말했다. 그리고 뇌혈관 장애, 몰라보게 수척해진 몸, 아버지는 더 이상 자기가 아니라고 느낀다는 것.

스위스 부인이 고개를 끄덕인다.

"육체적 고통 못지않게 정신적 고통이 큰 상태라는 거군요."

스위스 부인의 얼굴에 슬픈 기색이라곤 없다.

청바지를 입은 청년이 커피를 가져온다. 찻잔 받침에 셀로판지로 싼 미니비스킷이 하나씩 놓여 있다.

"아버님이 편지나 쪽지로 그 뜻을 알리셨나요?"

"아니요, 아버지는 어느 날 갑자기 이런 일이 일어날 거라고 늘 생각하고 있었던 것 같아요."

몇 년 전 아버지가 페루의 마추픽추에서 폐혈전색전증이 일어났을 때 나는 조심하지 않았기 때문이라며 아버지에게 잔소리를 했다. 아버지는 어깨를 으쓱하면서 명상에 잠긴 얼굴로 빙긋이 웃으며 그렇게 여행하다 쿵, 쓰러져 죽으면 그것이야말로 정말 **이상적**이었을 거라고 덧붙였다.

"아버님이 아주⋯⋯."

"쾌활한 낙천가세요."

파스칼과 나는 동시에 말했다. 우리 세 사람 모두 미소를 지었다.

스위스 부인이 커피 한 모금을 마시고 잔을 내려놓는다.

"이제 내가 설명할게요. 우선 작성할 서류가 있어요."

스위스 부인이 반으로 접은 서류 봉투를 열고, 접힌 서류 몇 장을 꺼냈다.

첫 번째 종이는 파란색이다. 제출할 서류 목록이다. 파스칼과 나는 동시에 읽는다. 열다섯 개의 항목. 첫 번째는 **의료진단서**(병력—읽기 쉽게), 마지막은 **유골단지나 관을 보낼 곳의 주소**(장례식).

내 팔에 닿은 동생의 팔이 뻣뻣해진다.

파스칼, 나가자. 집어치우자. 이건 우리가 할 일이 아냐. 아버지가 할 얘기야.

하지만 나는 자리에 앉아 있다. 비스킷을 싼 셀로판지를 벗기려고 애를 쓰지만 뜯어지지 않는다. 너무 물어뜯어서 짧아진 엄지손톱으로는 셀로판지를 벗길 수 없다. 파스칼이 내 손에서 비스킷을 빼앗아 금방 벗겨준다. 흰색 레인코트를 입은 내 동생.

내가 작은 비스킷을 깨물자 시끄럽게 느껴질 정도로 소리를 내며 비스킷이 바스러진다.

또 다른 서류들, 등록 용지, 위임장, 프랑스어로 쓰인 별책—일종의 안내서.

스위스 부인은 서류를 모조리 봉투 안에 넣고 나에게 내민다. 나는 손끝으로 서류 봉투를 집는다. 엄지손가락이 봉투 덮개의 접착테이프에 붙는다.

"일단 서류를 접수해야 아버님을 받아들일지 아닐지 결정할 수 있어요."

"아버지를 받아들일 경우 그다음은 어떻게 되지요?"

"아버님이 스위스 베른으로 오셔야 해요. 거기서 아버님은 우리 의사를 만날 것이고, 여전히 죽고 싶다는 의지가 확고한지 말씀해야지요. 받아들이기로 결정이 되면 아버님은 우선 약을 마시는데……."

부인이 뭐라고 말할지 고민하고 있다.

"토하지 않게 하는 약인가요?"

"네. 잠시 기다리는 사이 음악을 틀어줄 겁니다. 그리고 아주 쓴 물약을 드릴 겁니다. 그다음 음악을 들으면서 평온하게 주무 실 겁니다."

「소일렌트 그린*」. 오래전에 본 영화, 그동안 한 번도 이 영화 를 생각하지 않았는데 문득 몇 가지 장면이 떠오른다. 내가 지 어낸 것들이 아닌지 의문이 들 정도로 선명하다. 끔찍한 미래, 환경 파괴로 천연자원이 고갈된 세상, 생을 끝내기로 결심하고 하얀 클리닉으로 들어가는 에드워드 G. 로빈슨. 그가 창구 앞에 줄을 서 있다가 생의 마지막 순간에 듣고 싶은 음악을 고르고, 아이 침대처럼 좁은 침대에 길게 누워 흰 가운 차림의 남자와 여자가 내미는 물약을 마시고, **전원교향곡**을 들으며 마침내 평

---

* 「Soylent Green」, 1973년에 제작된 찰톤 헤스톤 주연의 영화. 지구 환경 파괴로 식량 생산이 중단된 미래가 배경이다. 유일한 식량인 '소일렌트 그린'이라는 물질을 생산하는 회사와 그 회사의 비밀을 파헤치려는 기자의 이야기를 그렸다. 소일렌트 그린의 주원료가 '사람'이라는 반전이 있다.

온하게 잠든다.

내 아버지는 아니다. 나는 흰 가운의 남자에게 멈춘 아버지의 시선에 깜짝 놀랄 것이고, 우리는 웃음이 터질 것이다. 아버지는 물약을 마시지 않을 것이다.

"아버님이 직접 유리잔을 들고 혼자서 마실 수 있어야 하지요. 아니면 우리는 아무것도 할 수 없어요. 우리는 자살을 도와주는 거지 아버님을 죽이는 건 아니니까요, 안 그래요?"

내 엄지손가락이 서류 봉투에서 떨어진다. 나는 봉투를 가방에 쑤셔 넣는다. 이 봉투를 분명히 쓰레기통에 버리게 될 것이다. 우리는 이게 필요 없을 것이다.

내 아버지는 스위스에 가지 않을 것이다.

스위스 부인의 설명을 다 듣고 나면 아버지의 생각이 바뀔거라고 확신한다.

나는 커피를 삼킨다.

나가죠.

우리는 거리에서 헤어진다. 파스칼은 페스티벌 준비 때문에 기차를 타러 역으로 향하고, 스위스 부인과 나는 택시를 타고 클리닉으로 향한다.

아버지가 우리를 기다리고 있었다. 아버지는 스위스 부인에 대한 예의로 밝은 파란색 셔츠 고른 것이 틀림없었다. 아버지는 꼿꼿이 앉아 있다. 반짝이는 눈빛, 흥분으로 상기된 볼, 아버지의 모습이 아름답다.

두 사람 다 내가 같이 있기를 원한다. 아버지의 발음이 분명하지 않기 때문에 스위스 부인은 알아듣지 못할까 걱정하는 것이다.

스위스 부인이 아버지 맞은편의 물결무늬 의자에 앉았다. 아버지가 스위스 부인을 향해 몸을 약간 숙였다. 아버지는 부인이 어디 출신인지 알고 싶어 한다. 취리히. 아버지가 잘 아는 도시이고, 친구들이 살고 있다. 아버지가 독일어로 몇 마디를 하려고 노력했고, 스위스 부인이 대답했다. 아버지는 만족스러운 얼굴이다.

스위스 부인이 길게 숨을 들이쉰다.

"따님들한테 얘기를 다 들었는데……."

"네."

위에서 아래로 움직이는 고갯짓, 전적으로 동의한다는 표시.

스위스 부인이 말하는 동안 아버지는 턱을 앞으로 빼고 단호한 표정으로 연신 고개를 끄덕인다.

작성할 서류, 스위스, 의사, 음악, 토하지 않게 하는 약, 물약,
아버지는 모든 것에 동의한다.

"장소가 어디지요?"

"베른입니다."

아버지는 입술을 실룩거린다.

"파울 클레 미술관에 약간 실망했지요."

스위스 부인이 무슨 말인지 이해하지 못한 것 같다.

"물약 10분의 1리터를 직접 마실 수 있어야 하는데 괜찮으시
겠어요?"

그럼요.

아버지는 머리맡 탁자를 향해 왼손을 내밀어 컵을 집어 들고
스위스 부인에게 시선을 고정한 채 물을 마신다.

올라갔다 내려가는 울대뼈에서 하얀 털이 반짝인다.

아버지는 컵을 일부러 탁자에 부딪치면서 내려놓는다.

그리고 의기양양한 미소를 짓는다.

"언제?"

스위스 부인이 두 손을 벌린다.

"원하시는 날을 정하시면 됩니다. 그사이 서류를 다 작성해
서 보내주시고 조금 기다리시면 됩니다……."

아버지는 어깨를 으쓱한다.

"가능한 한 빠를수록 좋지요."

비가 다시 내린다. 나는 스위스 부인의 우산 밑으로 들어간다.

"아버님이 결심을 하신 것 같네요, 그렇죠?"

자결. 네스 호수의 괴물이 우리 눈앞에 불쑥 나타난다. 먼저 구불구불한 목을 길게 빼고 내미는 머리, 이어서 건들거리는 시커먼 몸뚱이. Selbstbestimmung. 나는 시원한 공기를 길게 마신다. 담배를 피우고 싶다. 지금 당장. 숨을 내쉰다. 하지만 내 입술에서는 희뿌연 연기가 한 줄기도 나오지 않는다.

삐 삐 삐 삐. 나는 현금인출기 앞에서 비밀번호를 누른다. 카드를 받으시고 현금을 받으세요. 300유로, 스위스 부인의 이동 경비.

나는 스위스 부인을 택시 정류장까지 배웅한다.

"그럼 서류 기다릴게요."

스위스 부인은 내 팔뚝을 살며시 잡는다.

"질문이 있으면 뭐든 하세요."

스위스 부인이 내게 미소를 짓는다.

나는 스위스 부인과 포옹한다.

문이 닫히고 택시가 출발한다.

가방을 뒤져서 동그란 통을 꺼낸다. 휴, 나는 렉소밀 4분의 1을 깨물어 먹는다.

나는 클리닉으로 돌아간다.

아버지는 점심을 먹는 중이다. 아버지가 나를 보면서 식사를 멈춘다.

"나 어땠어?"

나는 아버지를 쳐다본다. 손에 든 수저, 목에 두른 턱받이, 작은 코, 작은 얼굴. 내 아버지.

달려가서 아버지를 안아준다.

"나 괜찮았지? 기분이 나쁠 거라고 생각했는데 전혀 안 그래. 마음이 아주 편안해. 네 어머니 표현대로 **아주 좋은 만남**이었어."

나는 아버지 맞은편, 스위스 부인이 앉았던 의자에 앉는다.

"서류는 네가 작성할 거지? 서류 좀 보여줘."

"어서 식사나 다 하세요."

아버지가 순순히 말을 듣는다.

아버지는 맛있게 먹으면서 내 옆의 의자에 내려놓은 크라프트지 봉투에서 시선을 떼지 않는다.

내 안경 어디 있니? 나는 안경을 준다.

이거 치워줘. 나는 쟁반을 치운다.

이것도. 나는 턱받이를 푼다.

아버지가 봉투를 향해 손을 내민다. 나는 먼저 별책을 꺼내
준다.

뇌혈관 장애가 일어난 뒤 처음으로 뭔가 읽으려고 하는 아버
지를 본다. 오른쪽 눈을 감고 집게손가락으로 한 글자 한 글자
짚어가며 읽고 있다. 아버지가 눈살을 찌푸린다.

"이게 뭐라고 쓴 거지?"

"절망적으로."

"그리고 이건?"

"견딜 수 없는."

노크 소리가 난다. 나는 아버지에게서 서류를 빼앗는다.

흰 가운을 입은 남자, 물리치료사. 아버지를 훈련시키려고 온
것이다.

가방과 코트를 집어 든 다음 아버지의 머리에 입을 맞추고
돌아선다.

뉘엘!

나는 돌아본다.

"내일이 12월 13일 맞지?"

내 생일, 나는 생각지도 못했다.

"생일 축하한다, 내 딸."

아버지의 미소가 어찌나 다정한지 나는 목이 멘다. 빨리 나가야 한다.

뉘엘!

손잡이를 잡은 내 손가락들이 움직이지 않는다. 아버지는 고맙다고 말하고, 한 번 더 미소를 지어줄 것이다. 나는 눈물이 날 것이다.

"내 서류 잊지 않을 거지?"

나는 문을 닫고 떠난다.

내 눈은 말라 있다.

나는 구글에 '베른(Berne)'이라고 친다. 검색 결과 : 31,800,000. 나는 첫 번째에 있는 것을 클릭한다. 백과사전 위키피디아.

Berne, Bern*.

---

* 스위스의 수도.

다네는 나를 '베른(Bern)'이라고 불렀다. 어느 해인가 칸 페스티벌이 끝날 즈음 다네는 르바르 지방에 있는 부모님 집에 왔다가 나를 만나러 왔다. 우리는 롤랑가로스* 대회를 함께 봤다. 다네는 내 아버지를 앙드레, 나를 베른이라고 불렀다. 그런데 다네가 '베른'을 'Beurn'이라고 미국식 억양으로 발음했다. 그 발음에 아버지는 신경질적인 반응을 보였다.

나는 화창한 날에 찍은 베른의 사진을 본다. 도시는 크지 않은 것 같고, 말편자 모양의 청록색 강이 도시를 감싸고 있다. 나무와 공원이 많다. 병원에 정원이 있을까? 스위스 부인에게 병원 위치를 물어본다는 걸 잊었다.

나는 가방에서 크라프트지 서류 봉투를 꺼낸다. 내 책상 위에 파란색 종이를 펴놓는다. 조카 노에미가 좋아하는 색이다. 나는 노에미에게 파란색 카펫, 담요, 만년필, 스웨트 셔츠, 스카프를 선물했다. 내가 딱, 하고 손가락 꺾는 소리로 내 앞에 노에미를 나타나게 할 수 있으면 좋겠다. 웃음이 많고 명랑한 내 조카딸 노에미.

자, 목록을 보자.

---

* 프랑스 오픈 테니스 대회.

의료진단서(병력—읽기 쉽게).

이건 닥터 J에게 부탁해야 한다. 의료진단서를 발급해주길 바란다.

단체 회원 카드(스위스에서 교부받을 수 있을 것임).

나중에 알게 될 것이다.

자필서.

불가능하다. 언어장애 치료를 받고 있지만 아버지는 아직 왼손으로 글씨를 쓰지 못한다.

측근이나 믿을 만한 사람이 쓴 스스로 택한 죽음이라는 것에 대한 서약서(가능한 경우이며 조건은 아님).

내가 제대로 이해한 것이라면 죽겠다는 의지에 대한 아버지와 우리—파스칼과 나—의 동의를 의미하는 편지를 써야 한다는 뜻인가?

파란색 종이를 다시 접는다.

이것들은 내일 할 것이다. 아니, 월요일에. 이번 주말은 세르주와 지내면서 그의 존재를 만끽할 것이다. 그리고 내일은 내 생일이다. 의사도 병원도 죽음도 생각하지 않을 것이다. 제발 나를 가만 내버려둬.

"생일 축하해, 내 사랑."

나는 세르주에게 몸을 바싹 붙인다.

11시가 되어간다. 내 생일에 이렇게 늦게 일어나기는 처음인 것 같다.

12월 13일, 이날이 무슨 요일이든 아버지는 늘 아침 일찍 전화를 걸었다. 내가 깨운 거니? 내가 그렇다고 대답하면 아버지는 즐거워하는 웃음소리를 냈고 아니라고 대답하면 **에이**, 하면서 실망했다. 그리고 우리는 함께 웃었다.

이어서 오전 중에 나는 꽃다발을 받았다. 화원에서 **만들어놓은 것이 아니라** 아버지가 직접 골라서 꾸민 꽃다발.

오늘은 아무것도 없다.

일어난다. 아침을 후닥닥 먹고 옷을 입는다. 코트, 가방. 버스는 14분 후에 도착할 것이다. 토요일, 기다리는 시간이 길어진다.

어쩔 수 없다. 나는 택시를 탄다.

아버지는 기분이 좋지 않다.

"어디 안 좋아요?"

아버지는 고개를 흔든다.

"끔찍해. 이제 아무것도 기억이 안 나."

"예를 들어서 뭐요?"

"내가 너 화나게 하려고 네 생일에 부르는 노래."

나는 휘파람으로 「만약 나에게 망치가 있다면」의 첫 소절을 부른다.

"그래, 바로 그거야!"

그리고 아버지는 흥얼거리기 시작한다.

"오늘 저녁에는 뭐 할 거니?"

"레카이에 뒤 비스트로에 가서 저녁 먹으려고요."

아버지는 미소를 짓는다. 이런 뜻이 담긴 미소. 아하, 거기 알려준 사람이 누구지?

아빠.

이번에는 내가 미소 짓는다.

노크 소리가 나고 아버지의 용변 시중을 들기 위해 간호조무사 두 명이 들어온다.

아버지는 짜증스러운 소리를 낸다.

"잠시 기다려주겠나? 내 딸과 할 얘기가 있는데."

알겠습니다, 그랑 셰프. 간호조무사들은 도로 나가서 문을 닫는다.

"베른으로 떠나기 전에 세르주와 너와 함께 르볼테르 레스토

랑에서 마지막 식사를 하고 싶구나. 나는 아보카도와 자몽 샐러
드를 먹을 거야. 감자튀김도. 티에리가 있으면 좋겠는데. 티에리
는 르볼테르의 웨이터인데 늘 내 아버지와 포옹하던 사람이야."

"그보다 일찍 갈 수도 있어요."

아버지는 고개를 흔든다.

"아니, 그때가 좋을 거야."

아버지는 턱으로 문을 가리킨다.

"이제 들어와도 된다고 해라."

해산물 접시가 아주 크다.

우리는 다섯이다. 세르주와 나, 파스칼, 동생이 사랑하는 남
자 미구엘, 그리고 우리의 가장 오래된 친구 카트린 클랭. 동생
은 화려한 색깔의 유리잔 세트를, 카트린은 접시 세트와 오렌지
색과 파란색 상자 몇 개를 선물로 준다. 세르주가 고급 화이트
와인 콩드리외 한 병을 주문했다. 우리는 건배한다. 나는 파스
칼과 시선이 마주친다. 잠시 동안 동생의 잔, 그 잔과 마주친 내
잔, 그리고 서로를 응시하는 우리 둘의 눈밖에 없다.

"나는 지금 클리닉으로 가. 어제저녁, G. M. 때문에 시끄러운 일이 있었대. 요컨대 아빠가 아주 혼란스러워하셔. 아마 언니도 가는 게 좋을 거야."

파스칼이 나직이 말한다. 텔레비전 소리 때문에 동생의 목소리가 아득하게 들린다.

"금방 갈게."

아버지는 턱을 내린 채 회색 휠체어에 앉아 있다. 아버지는 어렴풋이 봉주르, 하고 중얼거린다.

파스칼은 아버지 앞에 서서 팔짱을 낀다.

"부원장의 말에 따르면 G. M.이 매일 저녁 아주 늦게 온다면서요. 그가 가족이라고 주장해서 들여보냈다는 거예요. 어제는 야간 간호조무사 카데르가 용변 시중을 하고 잠자는 약을 드리려고 병실에 왔다가 G. M.이 있어서 밤이 늦었으니 나가달라고 요구했는데 거부했다면서요. 그래서 급기야 험한 말이 오가다 거의 몸싸움까지 했고요."

아버지의 머리가 더 많이 내려간다.

"직장을 나가는 것도 아니면서 좀 일찍 오면 될 텐데."

긴 한숨 소리.

나는 아버지의 머리, 목덜미, 좀 더 아래쪽 짧은 머리털과 긴 털이 뒤섞이는 데를 쳐다본다.

어느 날, 아버지는 등의 털을 제거하기로 결정했다고 알리면서 나직하지만 확고한 어조로 덧붙였다. **이걸 싫어하는 사람이 있어.**

또다시 한숨 소리.

아버지가 고개를 흔들기 시작한다.

"지긋지긋해. 이제는 싫어."

"뭐가 싫어요?"

"그가 오는 거."

우리는 아버지 맞은편에 앉는다.

"G. M.에게 말했어요?"

아니! 아버지는 거의 신음 소리를 낸다.

"왜요?"

"할 수가 없어, 나는……."

아버지가 훌쩍거린다.

"두려워."

아버지가 G. M.이 두렵다고 말하는 걸 처음 듣는다.

나는 몸을 숙이고 아버지 얼굴을 보려고 한다.

한 줄기의 콧물이 무릎을 향해 내려오고 있다.

머리맡 탁자에서 크리넥스를 집어 아버지에게 내민다.

아빠.

아버지는 움직이지 않았다. 나는 몸을 더 숙인다. 어서요.

아버지의 코에 휴지를 댄다.

"흥."

아버지가 코를 풀었고, 그 진동이 내 손가락에 전해진다.

"G. M.에게 우리가 말할까요?"

아버지가 고개를 든다.

"그래, 나는 진저리가 나."

아버지는 내 손에서 크리넥스를 빼앗아서 다시 코를 풀고 휴지를 만다.

"자, 네가 버려줘."

"나를 더 이상 보고 싶지 않다면 자네 아버지가 직접 나한테 말해야지."

"작년에 그 일이 일어난 뒤로 아버지가 두려워한다는 걸 잘 아시잖아요."

"나는 다치게 할 생각이 없었어. 그리고 자네 아버지도 그걸 이해했기 때문에 우리가 계속 만난 거고."

"어쨌든 지금은 아버지가 더 이상 찾아오지 않기를 바란다
고요."

"자네 아버지가 나한테 직접 말해야지."

그리고 G. M.은 전화를 끊는다.

"우리가 아버지와 떼어놓으려 한다고 생각하는 거 같아."

"아빠가 말해야 돼."

파스칼이 담배를 비벼 끈다. 우리는 병실로 다시 올라간다.

전화기가 연결되어 있지만 줄이 돌돌 말려 있었다. 나는 줄
을 잡고 수화기가 빙글빙글 돌면서 줄이 풀리게 했다. 아버지는
줄이 다 풀린 수화기가 돌기를 멈출 때까지 눈을 떼지 않는다.

"자요."

나는 아버지의 귀에 수화기를 댄다.

파스칼이 G. M.의 전화번호를 누른다. 신호음이 들린다.

"우리 나가 있을까요?"

"아니, 여기 있어."

여보세요?

"아빠, 말해요."

앙드레?

나아아는 자……. 아버지의 입이 수화기에 붙어 있다.

나는…… 자, 자……. 아버지 입술에서 흘러나온 침이 거품을 일으켜서 나는 닦아준다.

"나는 이제 자네가 오는 게 싫어."

그리고 아버지는 수화기를 떨어뜨린다.

G. M.의 콧소리가 멀리서 들린다.

나는 전화를 끊는다.

아버지가 한숨을 내쉰다.

"앓던 이가 빠졌네."

우리 집에서 사용하는 말로 잘 끝나서 후련하다는 뜻이다.

내 사촌 프랑수아가 아버지에게 피에르 베르제-이브 생 로랑의 컬렉션 경매 카탈로그를 보내주었다.

"보여줘."

카탈로그의 무게가 10킬로그램은 나가서 아버지의 허벅지에 올려놓을 수가 없다.

나는 아버지의 눈높이로 카탈로그 박스를 들어주고, 아버지는 박스에 들어 있는 다섯 권 중에서 구릿빛 카탈로그를 가까이 보려고 고개를 기울인다.

"안 보여."

첫 권인 **인상파 미술과 현대 미술** 카탈로그를 꺼내서 아버지의 무릎에 올려놓는다.

나는 아버지에게 안경을 씌워준다. 아버지는 표지에 있는 페르낭 레제*를 잠시 쳐다보다 가제본된 카탈로그를 펼쳤는데 이내 **탁**, 하고 닫히면서 허벅지 사이로 **빠져** 바닥으로 떨어진다.

나는 카탈로그를 줍는다.

"내가 도와줄게요."

"아니, 나 혼자 할 수 있어."

아버지는 카탈로그가 펼쳐 있도록, 마비된 손을 간신히 오른쪽 페이지 위에 올려놓는다. 아버지가 보고 싶은 복제품들이 있는 페이지. 손을 옮기려고 드는 순간 카탈로그가 탁, 하고 다시 닫힌다.

아버지는 다시 시도한다.

한 번, 두 번, 세 번, 네 번.

---

* 페르낭 레제(Fernand Léger, 1881~1955). 프랑스의 화가로, 자연과 인간 생활의 큰 구도를 즐겨 다루면서 단순한 명암이나 명쾌한 색채로 대상을 간결하게 나타냈으며 기하학적 형태를 좋아했다.

아버지가 마침내 마티스의 「**노란 앵초, 푸른색과 분홍색의 테이블보**」가 있는 페이지를 펴놓는 데 성공한다.

아버지는 눈을 찡그리며 오른쪽 눈을 감고, 인상을 쓰면서 작은 소리를 낸다.

"퓨우우……. 마티스 작품을 1만 2000유로에서 1만 8000유로 사이로 평가하다니, 너무 세다."

"1200만에서 1800만 유로라고 생각하는 건 아니죠?"

아버지가 카탈로그에 있는 숫자와 모든 0을 왼손 집게손가락으로 톡톡 친다.

1만 2000. 봐, 맞잖아!

아버지는 신경질적으로 말한다.

"아빠, 잘 생각해보세요. 1만 2000유로예요. 이건 10만 프랑도 안 되는 건데."

눈이 동그래진 아버지가 어찌할 바를 모르는 얼굴로 나를 쳐다본다. 내가 입을 다물고 가만히 있어야 했는데.

아버지의 머리가 가슴 쪽으로 기울어진다.

긴 한숨.

"끔찍하구나, 이러다 내가 미치면 스위스는 가지도 못할 텐데. 더 이상 아무것도 할 수 없을 텐데."

나는 카탈로그를 치운다.

윙윙, 윙윙. 내 휴대폰 진동음이 의자의 금속 다리로 전해진다. 몸을 숙이고 가방을 연다. 화면에 **파스칼**이라고 떠 있다. 동생은 내가 온종일 프랑스 국립 영화 센터(CNC)에서 프로듀서 오디션을 심사한다는 걸 알고 있다. 그런데 전화를 건다는 건 중요한 일이 있는 것이다. 나는 잠시 중단을 요청한다. 어제저녁, 카데르는 복도에서 아버지를 만나러 오는 G. M.을 발견하고 밖으로 내쫓았다.

G. M.은 격분했다.

그 후에 병실에 전화벨이 울렸다. 하지만 전화기가 손 닿는 거리에 있지 않아서 아버지는 수화기를 들 수 없었다.

전화벨이 그쳤다가 다시 울렸다.

계속 울리고 또 울렸다.

"아빠의 말에 따르면 한밤중이라서 전화기 코드를 뽑아달라고 부탁할 수가 없었대."

파스칼의 목소리에 힘이 없다.

"아빠가 공포에 떨고 계셔. 그래서 내가 관할 경찰서에 가서 신고했어."

아버지가 누워 있다. 전화기 코드를 뽑아버렸는데도 간밤에 아버지는 거의 잠을 자지 못했고, 아침에는 화장실을 다녀온 뒤로 너무 피곤해서 앉아 있을 수가 없었다.

클리닉의 여성 원장이 침대 옆에 서서 사이드레일에 한 손을 올리고 말한다.

"그 사람의 면회를 원치 않는다고 말씀하셨기 때문에 다시는 귀찮게 하는 일이 없게 우리가 신경을 쓸 겁니다. 이제 안전합니다, 베르네임 씨. 알아들으셨지요?"

아버지가 고개를 끄덕인다.

원장이 아버지 쪽으로 몸을 숙인다.

"귀찮게 하는 사람이 있으면 주저치 마시고 우리에게 말씀하세요. 아셨죠, 베르네임 씨?"

"네."

"그럼 따님들과 얘기 나누세요, 베르네임 씨……. 나는 이만 나가보겠습니다."

원장이 병실을 나갔다.

나는 문을 닫는다.

"이제 안심이 좀 돼요?"

아버지는 여러 번 숨을 몰아쉬었는데 그 소리가 한숨처럼 들렸다.

휴우우우.

노크 소리.

"그랑 셰프, 오늘은 침대에서 점심을 드실까요?"

아버지는 이틀 동안 아무것도 먹지 않았다. 오늘은 퓌레, 죽, 요구르트, 스튜, 전부 다 먹는다.

"너희 둘이 다 여기 있을 때 날짜를 정하면 되겠다."

"무슨 날짜요?"

"스위스로 떠나는 날짜."

파스칼은 짝수 주를 피하고 싶어 한다. 짝수 주는 동생이 아이들을 돌보는 주이고, 그다음 짝수 주에는 부활절 방학이 시작되기 때문이다.

나는 5월을 원치 않는다. 공휴일이 많고, 샌드위치 데이도 많기 때문이다. 특히 칸 영화제가 열리는 데다 세르주가 여기 없을 것이다.

아버지는 그러면 너무 멀다고 생각한다.

"그럼 3월은 어때?" 아버지는 껄껄 웃는다.

"설마 첫째 주는 아니죠?" 파스칼은 3월 1일에 태어났다.

"힘들구나."

우리 셋은 4월 6일이 시작되는 주로 합의한다.

파스칼과 나는 내 수첩 맨 앞에 있는 2009년 달력을 들여다본다. 2009년의 열다섯 번째 주, 성인들의 축일, 마르첼리노, 세례 요한 드 라 살, 성 율리아, 성 가우체리오, 성 금요일, 성 스타니슬라오, 부활절의 일요일. 목요일 바로 옆, ☺, 보름달 같은 동그라미 속에 미소 짓는 얼굴상.

"4월 9일 목요일 어때?"

지금 아버지 얼굴도 스마일상이다.

"내 딸들."

아버지가 눈을 감는다.

우리가 쟁반을 치우는 동안 아버지는 잠이 들었다.

스위스 부인도 4월 9일을 마음에 들어 한다.

렉소밀 반 알과 세르주의 코 고는 소리에도 불구하고 나는 잠을 이루지 못한다. 11+31+28+31+9=110. 110일 후에 내 아버지는 스위스로 죽으러 갈 것이다.

나는 일어나서 서재로 간다. 컴퓨터를 켠다. 화면 왼쪽의 편지함. 새 메일이 와 있다. **제목 없음**, 파스칼에게서 온 것이다. 동생이 새벽 3시에 보낸 것이다. 동생도 잠을 못 자고 있다. 나는 클릭하고 읽는다.

식사하고 나서 그릇 씻는 일의 첫 글자
누군가를 열렬히 좋아하고 그리워하는 마음의 첫 글자
사람들 많은 데서 두 글자를 합한 것이 일어나면 완전 망신.
답:
설사
한 시간에 다섯 번 설사 중…….

나는 어둠 속에서 혼자 눈물을 흘리며 웃는다.

카트린 뷔망 사망.

우리가 카트린의 레스토랑에서 마지막으로 저녁을 먹었던 것이 9월 26일 금요일이었다. 그녀는 기침이 심했다. 그날 아버지는 「클래스」를 보러 갔다가 라시에트에서 저녁을 먹었다. 그리고 다음 날 아침, 파스칼이 나한테 전화했다.

나는 카트린의 기침을 걱정하지 않고 있었다. 그녀는 눈주름 성형수술을 받았다. 수술 후, 그녀는 기침을 많이 했다. 그녀는 계속 검사를 받다가 입원했다.

카트린은 아버지 때문에 할 일이 많을 테니 면회는 오지 말고 퇴원해서 집으로 돌아갔을 때 만나는 게 좋겠다고 했다.

지난 주, 카트린이 파리 외곽의 빌쥐프 병원으로 옮기기 전 나는 코생 병원에서 그녀가 저녁 먹는 모습을 지켜봤다. 복지 시설의 노란색 환자복 때문에 환해 보이는 얼굴, 커진 눈, 침대에 책상다리를 하고 앉은 그녀는 아름다웠다. 그녀는 웃으면서 중부지방의 억양으로 말했다. **내가 수술을 약하게 했다고 말할 수는 없어. 성형한 눈으로는 한 번밖에 외출하지 않았으니까. 그래도 나중에 아름다운 모습으로는 죽겠지.**

나는 세르주가 그렇게 많이 우는 걸 본 적이 없다.

아버지는 원기 왕성하다.

잘게 다진 것을 먹지 않은 지 한 달이 되면서부터 아버지는 체중이 다시 늘었다. 비스킷, 초콜릿, 미니케이크, 아버지의 친구들은 하나같이 단것을 가져온다. 병실 곳곳에 주전부리가 있다. 낮게 드리운 겨울 햇살에 금빛 포장지와 실크 리본이 반짝인다.

내가 코트를 벗기가 무섭게 아버지는 흰색 작은 꾸러미를 가리킨다.

"저거 좀 줘."

아버지는 바위 모양의 비죽비죽한 과자 하나를 골라서 단번에 입에 쑤셔 넣는다.

와작, 와작. 아버지의 치아에 과자가 바스러진다.

"너 표정이 왜 그래? 무슨 일 있니?"

"카트린을 화장하고 페르라셰즈 묘지에서 오는 길이에요."

와작, 와작.

"사람들 많이 왔어?"

박물관 관장들, 컬렉터들, 예술가들. 아버지는 누가 왔는지 알고 싶어 한다.

나는 그들의 이름을 말한다.

아버지가 갑자기 씹는 걸 중단한다.

"내 장례는 파리에서 카디시 기도를 하는 것으로 충분하다는 거 잊지 않았지? 엘뵈프 묘지까지 따라갈 사람이 많지 않다는 걸 알기 때문이야."

"하지만 거기 묻히고 싶은 거 정말 확실해요? 아빠가 아버지에 대해 얘기한 걸 생각하면……."

아버지는 한숨을 내쉰다.

"엄마와 같이 있으려고."

와작, 와작.

나는 버스 정류장에 혼자 서 있다. 월요일, 거리에서 몇몇 상인들이 가게 문을 닫고 있다. 어둠이 내린다. 누구나 다 죽는다.

죽음.

춥다. 집에 가고 싶다.

버스가 온다. 내가 좋아하는 자리가 비어 있다. 가방을 뒤져서 초록색 통을 꺼내고 렉소밀 4분의 1을 꺼낸다. 반 알은 왜 안 되는데? 그래, 반 알을 삼키자.

He always runs while others walk

He acts while other men just talk

He looks at this world and wants it all

So he strikes like thunderball

톰 존스의 목소리가 CD 플레이어의 잡음을 덮어준다. 송아지 고기와 양파를 구워놓고 화이트 와인 한 병을 딴다. 와인을 스튜 냄비에 약간 붓고, 잔에 따른다. 차가운 와인, 맛있다. 「**The Best Of James Bond**」 앨범에 수록된 곡이 계속 흘러나온다. 가사를 다 외울 정도로 잘 아는 노래들이다.

당근 껍질을 벗긴다. 또 한 잔. 렉소밀과 프로작을 같이 먹었을 때는 아마 조심해야 할 것이다. 나는 날카로운 칼을 잡고 당근을 썬다.

딱 딱 딱, 얇고 동그랗게.

아파트는 따뜻하다. 맛있는 냄새가 난다.

세르주가 추운 바깥에서 돌아올 때쯤에는 저녁 준비가 끝날 것이다.

약간 어지럽지만 기분 나쁠 정도는 아니다. 나는 CD 플레이어의 볼륨을 올리고 폴 매카트니의 노래를 따라 부른다.

Say live and let die

Live and let die

Live and let die

Live and let die

Pam pam pam, pam pam pam, pam pam

Pam pam pam, pam pam pam, pam pam

Pam pam pam, pam pam pam, pam pam

화이트 와인+프로작+렉소밀, 눈을 뜨니 머리가 아프다.

애드빌 두 알, 커피 두 잔, 휴대폰이 울린다.

"베르네임 씨? 끊지 마세요, 아버님 바꿔드릴게요. 됐으니까 말씀하세요, 그랑 셰프."

침 튀는 소리, 아버지가 수화기에 너무 바짝 대고 말하지만 나는 무슨 말을 하고 싶은지 알고 있다. 아버지는 내가 당장 클리닉으로 와주길 바라는 것이다.

아버지가 문 쪽을 바라보면서 누워 있다.

"아, 뉘엘!"

아버지는 아직 세수를 하지 않은 상태였고, 아침 식사가 담긴 쟁반과 파스칼이 만들어온 산딸기 잼이 손대지 않은 채로 탁자에 놓여 있다.

아버지가 왼손을 들고 엄지손가락과 집게손가락을 세운다.

"아주 중요한 일이야. 내 장례에 대해 많이 생각해봤다. 파리에 있어야 하는 게 아닌지 의문이 들어서. 그게 좋을 것 같아. 그리고 라파엘이 나를 만나러 오고 싶을 때 그게 훨씬 편할 테니. 어떻게 생각하니?"

아버지는 여러 번 심호흡을 한다.

"내 부모님은 내버려두려고. 나를 위해 페이지를 넘길 때가 온 거 아니겠니?"

아버지의 진지한 얼굴이 나를 응시한다.

"네."

관리인 여자가 우편물 몇 개를 내민다. 그중 하나의 뒷면에 17구역의 구청 스탬프가 찍혀 있다. 내 어머니의 출생증명서가 들어 있다. 스위스에 보낼 서류.

서류를 준비해야 한다.

아홉 장의 속옷을 개별 케이스로 포장한 상자를 뜯는다. 첫 번째 케이스는 살구색, 나는 브래지어와 같은 색인 살구 톤을 사용하지 않을 거다.

블루도 안 돼. 파란색은 노에미가 좋아하는 색이니까.

레드도 안 돼. 내 시나리오 원고의 커버가 모두 빨간색이다.

그럼 오렌지? 브라운? 옐로우? 그린? 핑크? 나는 망설인다.

우습다. 아무거나 사용하면 되는데.

아니, 브라운은 싫다.

나는 「**저수지의 개들***」에서 '미스터 브라운, 미스터 똥 같아' 라고 말한 사람은 타란티노 감독 자신이라고 생각한다.

나는 미소 짓는다.

아버지는 그 장면을 아주 좋아해서 치아를 약간 앞으로 내밀고 스티브 부세미의 흉내를 내곤 했다.

Why am I Mr Pink? (내가 왜 미스터 핑크야?)

핑크로 결정했다. 어머니의 출생증명서를 핑크 상자에 넣는다.

만년필을 들고 서류를 작성할 준비를 한다.

뭐라고 쓰지?? **아빠? 앙드레의 죽음?**

만년필을 쥐고 머뭇거린다.

나는 움직이지 않는다. 핑크가 점차 커지는 것 같더니 내 책상 전체를 뒤덮는다. 이제 핑크만 보인다. 숨을 죽인다.

나는 이 핑크 마시멜로 같은 바다에 뛰어들어 사라지고 싶다.

나는 바람을 거슬러서 오르막길을 올라간다.

북쪽에서 불어오는 돌풍에 코트 자락이 허벅지에 달라붙는다.

---

* 「Reservoir Dogs」, 1992년에 제작된 쿠엔틴 타란티노 감독의 데뷔작이자 미국 독립영화의 걸작으로 꼽히는 영화.

오늘은 아무 냄새도 나지 않는다. 찬 공기에 인도 식료품 가게 냄새와 세탁소 냄새가 흩어져버렸다.

몸을 앞으로 기울이고 머리를 숙이면 넘어지지 않을 것이다. 바람이 받쳐줄 것이다.

길이 텅 비어 있다. 나는 뚱보 시절부터 겨울을 좋아한다. 겨울에는 사람들이 옷을 두껍게 입어서 모두 뚱뚱해 보인다.

모퉁이 대형 약국의 유리창에 비친 내 모습을 본다. 납작해진 머리털, 빨간 눈, 추위에 얼룩덜룩해진 얼굴, 그는 나를 못생겼다고 생각할 것이다.

스탠드바, 도장과 스탬프 가게, 키 높이 구두, 레스토랑. 다 왔다. 나는 장갑을 벗고 수첩을 뒤진다. 비밀번호 A2496.

인터폰. 딩동. 마당의 장미나무 아래 흙이 얼어붙어 있다. 이제는 관리인 여자가 없으니 그가 마당을 가꿀까? 틀림없다. 나는 줄무늬 원예 장갑을 끼고, 전지가위와 초록색 물뿌리개를 들고 있는 그의 모습을 상상한다.

대기실이 어찌나 작은지 앉으니까 뜨거운 라디에이터에 허벅지가 닿는다.

커다란 얼음덩어리 같은 내 몸이 녹을 것이다.

저쪽에서 마룻바닥 삐걱거리는 소리가 난다. 곧 내 차례가

될 것이다.

나는 와락 울음이 터진다.

"아버님의 상태가 호전되었어요."

닥터 J가 우리에게 미소를 지어 보인다.

"베르네임 씨는 식사도 잘 하시고 면회 오시는 분도 많아요. 환자의 심리적 상태가 크게 호전될 수 있기 때문에 아주 좋은 현상입니다. 대부분의 환자는 찾아오는 분이 많다고 할 수 없거든요. 그리고 전에 하시던 말씀도—닥터 J가 머뭇거린다—이 제는 안 하시고요."

파스칼이 발로 나를 툭 친다. 나는 닥터 J와 시선이 마주치지 않게 고개를 숙인다.

"움직이는 것도 정말 좋아지셨어요. 좀 전에 우리 물리치료 사들과도 이 얘기를 했죠."

닥터 J가 일어난다. 우리도 일어난다. 나는 닥터 J에게 다가 간다.

"아버지의 의료기록을 주시면 좋겠는데요."

"그건 뭐하시려고?"

"친한 친구가 의대 교수인데 기록을 봤으면 해서요."

"나한테 직접 요청하시면 되는데요."

내가 인터넷으로 확인해봤는데 2002년 3월 법령에 따라 병원은 우리가 요구할 경우 모든 의료기록을 일주일 내에 발급해주어야 한다고 대꾸할 수도 있었다.

하지만 나는 입을 꾹 다문다.

나중에 마리웅에게 전화할 것이다.

"몽파르나스 묘지가 좋겠어. 너희 어머니의 부모와 너무 가까운 데만 아니라면."

"하지만 그러면 엄마와 너무 멀리 떨어질 텐데요?"

"네 엄마는 나를 이해해줄 거야. 아니어도 할 수 없고. 아무튼 그 끔찍한 사람들과 같이 있고 싶지 않아."

"그분들을 왜 그렇게 싫어하세요?"

"내가 쉰 번도 더 얘기했잖아."

"아뇨."

아버지는 한숨을 쉰다.

"그랬나……. 그들은 우리 결혼식에 참석도 하지 않으려고 했어. 딸이 동성애자와 결혼한다는 이유로."

아버지는 우리 할머니, 당신의 어머니처럼 입술이 삐로통해서 말했다.

아버지가 고개를 흔든다.

"고약한 노인들."

파스칼이 나에게 전화를 걸었다. 아버지는 파스칼에게 책상 서랍 안에 있는 라파엘의 사진 몇 장을 갖다 달라고 했다.

파스칼은 아버지의 책상 서랍에서 사진을 찾다가 시그 사우어 권총 소지 허가에 대한 갱신 요청서와 빠른 시일 내에 권총을 처분하라고 엄명하는 부정적인 답변서를 발견했다. 그 서신이 오간 시기는 1995년으로 거슬러 올라간다.

파스칼은 곧장 클리닉으로 달려가서 아버지에게 물었다.

그 시절에도 끝내고 싶었던 거냐고?

모르겠어……. 아버지는 대답했다.

나는 아버지의 왼손, 손톱 바깥쪽으로 살점이 약간 없어진 엄지손가락을 쳐다본다. 영국에 있는 자유프랑스* 사관생도들의 훈련 캠프에서 무기 다루는 걸 배우다 다친 상처였다. 피아노를 치는 데는 손가락이 아주 중요하기 때문에 아버지는 항상 불편함을 느꼈다.

"권총으로 뭘 할 생각이었는데요?"

"아무것도……."

아버지는 미소를 머금은 얼굴로 고개를 숙인다. 나는 물러서지 않는다.

"빨리 말해요."

"그 시절에 좀…… **위험한** 친구가 있었어."

아버지의 출생증명서가 왔다.

베르네임 앙드레, 루이.

1920년 7월 14일 외르 데파르트망의 라 소세에서 출생.

부: 베르네임 조르주, 자크, 쥘.

모: 프랑켈 제르맹, 테레즈, 라셸.

할아버지에 대한 마지막 기억은 그가 저세상으로 떠나기 얼

---

* 1940년 영국으로 망명한 드골 장군의 주도로 성립된 단체 또는 임시정부.

마 전 파리에서였다. 할아버지는 작은 아파트에 살았고, 걷지 못하기 때문에 외출이 거의 없었다. 나는 부모님과 함께 할아버지 집에 갔고, 파스칼이 있었는지는 기억나지 않는다. 나는 검은색, 빨간색, 흰색의 패치워크무늬가 인쇄된 여름 원피스를 입고 있었다. 뚱뚱해서 어떤 옷을 입어도 어울리지 않았기 때문에 몇 시간이나 상점을 돌아다닌 끝에 세브르 거리 티파니 옷 집에서 어머니가 사준 원피스였다. 부모님이 현관에서 간호사와 얘기하는 사이 나는 거실로 들어갔다.

할아버지가 지팡이를 짚고 서 있었다. 할아버지는 나를 보면서 얼굴이 굳었다. 할아버지가 나를 위아래로, 아래위로 훑어본 다음 말했다. 너 괴물이구나.

나는 그것을 할아버지가 나에게 한 마지막 말로 기억한다.

그리고 얼마 후, 할아버지는 사망했다.

나는 아무에게도 그 말을 한 적이 없다.

처음으로 핑크 서류 상자에 대고 말하는 것이다.

아버지가 엘뵈프로 가지 않겠다는 생각을 바꾸지 않으면 좋으련만.

작업요법사가 방금 나갔다. 탁자 위에 펼쳐놓은 노트, 아버지
가 왼손으로 글씨 연습을 한 페이지가 여러 장이다.

파란색 종이의 목록에 적힌 **스스로 택한 죽음**이라는 조항,
아버지가 자필서를 어떻게 쓰지?

"몽파르나스 묘지로 가는 게 좋겠지?"

"네. 라파엘, 우리, 모두를 위해서는 그게 훨씬 낫죠. 그리고
할아버지를 마지막으로 봤던 날, 할아버지가 나한테 뭐라고 했
는지 한 번도 얘기한 적이 없어요."

"아?"

아버지가 오른쪽보다 왼쪽 눈썹을 더 치켜떠서 얼굴이 이상
해 보인다.

나는 이야기를 시작한다. 내가 묘사하는 원피스, 깃, 헐렁한
소매, 인쇄된 패치워크무늬에 대해 들으며 아버지의 미소가 커
진다. 원피스를 입은 85킬로그램의 **거대한 뚱보**.

거실로 들어오는 나를 본 할아버지의 반응을 얘기할 때였다.

아버지가 이렇게 많이 웃는 걸 듣는 것이 정말 오랜만이다.

괴물, 아버지는 첫째 음절에 힘을 주면서 그 단어를 여러 번
반복했다. **괴물**.

아버지는 너무 웃어서 숨이 넘어갈 지경이다.

나는 웃음이 나오지 않는다.

마침내 아버지의 웃음소리가 차츰 잦아지다 멈춘다.

아버지가 생각에 잠긴 것 같다.

"그래도 엘뵈프로 가야 한다고 생각하는 건 아니지?"

나는 얼른 화제를 바꾼다. 우리는 다른 얘기를 한다.

그리고 나는 나간다.

"봉수아르, 아빠."

"괴물!"

문을 닫았는데도 아버지의 웃음소리가 들린다.

우리는 친구 커플과 레스토랑에서 저녁을 먹기로 했다.

"여자들이 긴 의자에 앉는 게 좋겠지. 그러면 **들락거리기도** 쉽고."

나는 움직이지 않는다. 두 테이블 사이의 좁은 공간을 응시한다. 나는 25킬로그램이나 과체중이고 엉덩이도 크다. 거대한 몸집의 괴물인 내가 저 비좁은 틈을 **빠져나갈** 수 있을까?

"손 좀 씻고 올게."

나는 화장실 의자에 털썩 주저앉는다.

초록색 통을 찾으려고 가방을 뒤진다.

그만. 렉소밀은 필요 없다.

침착해. 너는 이제 어른이야.

심호흡한다. 양쪽 허벅지가 서로 붙지만 완전히 딱 달라붙는 정도는 아니다. 허벅지 사이에 틈이 있다.

내가 뚱뚱했을 때는 허벅지 사이에 틈이 없었다.

오른쪽, 왼쪽, 내 엉덩이는 의자의 경계를 넘지 않는다. 전에는 이렇지 않았다.

일어나봐.

세면대 거울에 비친 내 얼굴.

내가 뚱뚱하던 시절, 아버지는 내 얼굴을 흉내 내려고 뺨을 물고기처럼 빵빵하게 부풀렸다.

나는 뺨을 부풀렸다가 공기를 뺀다. 뺨이 거의 움푹 들어간다.

이제는 괜찮다.

어린 시절은 아득한 옛날이고, 할아버지에 관한 기억도 아득한 옛날 일이고, 아버지는 머지않아 그렇게 될 것이다.

찬물. 물이 거의 미지근하게 느껴질 정도로 내 손이 차갑다.

몸을 꼿꼿이 세운다.

나는 우리 자리로 돌아갈 것이고, 내게 미소를 지을 때 반짝이는 세르주의 눈을 볼 것이다.

긴 의자 쪽으로 공간을 비집고 들어갈 것이다. 아무것도 엎지 않고, 테이블보도 흐트러뜨리지 않고. 그러면 아무도 나를 비웃지 않을 것이다.

나는 등심 스테이크를 레어로 주문할 것이다.

배가 고프다.

아버지의 시선은 파스칼이 썰고 있는 파테 드 캉파뉴 조각에 고정되어 있다.

다 됐다. 파스칼이 접시와 포크를 내밀자 아버지는 곧바로 먹기 시작한다.

미니오이, 빵 조금, 와인 한 모금.

으으음.

다른 **입원 환자들**과 마찬가지로 아버지도 이제부터는 지정 테이블이 있다. 우리는 창문과 가까운 자리를 달라고 고집했다. 비쳐드는 햇살에 체크무늬 셔츠를 입은 아버지의 눈빛이 **푸르뎅뎅한** 색을 띠고 있다.

아버지는 식사를 끝내고 포크를 내려놓으면서 주위를 둘러

본다.

"진짜 끔찍하구나. 모두 늙은 할망구야."

아버지가 큰 소리로 말했지만, 우리 쪽을 돌아보는 사람이 없다.

가는귀가 먹어서일 것이다.

이 기회를 이용하자.

"아빠, 누구에게 알리고 싶으세요?"

아버지는 대번에 왼손을 들어 엄지손가락을 세우고 "다니엘", 집게손가락을 세우고 "미슐린", 가운뎃손가락을 세우고 "마리옹" 하고는 손을 내린다.

"그게 다야."

"그럼 엄마는?"

"나중에."

"엠마뉘엘? 미슐린이야. 앙드레한테 얘기 들었다."

날카로운 억양, 허스키한 목소리에 감정이 실려 있다.

"나한테는 오빠나 다름없는 분이잖아. 그 결정이 이해가 되면서도……."

짧은 침묵.

"네 아버지는 스위스 단체의 이름도 모르고 있더라. 그 단체에서 나한테 알려준 것들을 말씀드렸어."

또다시 침묵.

"제네바에 여자 사촌이 있는데 의사야. 네 아버지도 잘 알아. 사촌에게 알아봐 달라고 하려고⋯⋯. 너희가 아버지를 모시고 갈 거니?"

물론.

"어떻게 갈 거니? 기차, 비행기?"

나는 대답하지 못했다. 거기까지는 아직 생각하지 않았다.

나는 테제베-유럽 사이트의 홈페이지를 연다.

왕복 또는 편도?

파스칼과 나는 왕복, 아버지는 편도?

목이 멘다.

모두 다 **편도**로 끊을 것이다.

파리 출발. 베른 도착.

 2009년 4월 8일 수요일.

우리는 전날 출발할 것이고, 레스토랑에서 저녁을 먹을 것이다. 베른에서 최고로 맛있는 것을 고를 것이다. 은은한 조명, 아담한 테이블, 파스칼과 나는 아버지 맞은편에 앉고, 샴페인이나 와인, 잔을 들고 건배할 것이다. 아빠를 위하여.

그 여행을 누구랑 같이 갈까?

파스칼과 나만? 우리는 아버지를 부축해서 휠체어에서 침대로, 침대에서 휠체어로 옮길 수 있다. 하지만 우리가 아버지를 씻어주고, 기저귀를 갈아줄 수 있을까? 오그라든 성기와 똥칠한 엉덩이만 아버지에 대한 마지막 기억으로 남는다면?

가장 좋은 방법은 어머니의 간병인 필리프가 우리와 동행하는 것이다. 필리프가 없는 동안에는 실비아와 안니가 교대로 어머니를 돌봐주면 될 것이다.

따라서 좌석 넷, 1등석.

클릭.

결과가 뜬다. 하루에 한 번만 운행하는 직행 기차, 리옹 역에서 17시 57분 출발, 22시 30분 베른 도착.

도착 시간이 너무 늦다.

에어프랑스는 베른행 비행기가 하루에 두 편 있다. 하나는 7시

55분—너무 이른 시간—, 또 하나는 오후 늦게. 이것도 너무 늦은 시간이다.

따라서 파스칼의 빨간 차를 타고 떠날 것이다.

파스칼의 차가 커서 네 명이 여행하기에 충분하다. 휠체어는 트렁크에 실으면 된다.

베른의 특급 호텔은 벨뷰 팰리스인 모양이다. **거동이 불편한 사람들도** 이용하기 편한 호텔.

나는 4월 8일 수요일 밤부터 9일 목요일까지 파스칼과 내가 묵을 방 하나, 그리고 아버지와 필리프를 위해서 베른 알프스 산맥과 아레강이 보이는 최고 등급의 주니어 스위트룸 하나를 선택한다.

1400스위스프랑.

비싸지만 어제 극작가 협회로부터 돈이 들어왔다.

나는 서식의 빈칸을 채우고 신용카드 번호를 입력한다.

재정에 관해 알리는 글

협회는 입회비에서 공제하지 않는 것을 원칙으로 하고 있습니다. 우리는 자주적 결정과 자의적 결정을 가장 중요하게 여기고 있습니다.

우리에게 오시는 모든 분은 협회의 존재와 협회에서 제공하는 것이 어떤 가치가 있는지 스스로 결정해야 하며, 자주적으로 결정한 기부금은 일시불로 내거나 자유롭게 정한 기간에 분할 납부할 수 있습니다.

우리는 이렇게 꼭 필요한 만큼 거둔 자금을 가능한 한 절약하면서 운영하고 있다고 자부합니다.

우리는 무보수로 일하고 있습니다. 그렇지만 사무실 경비, 회계, 인쇄, 기타 경비 같은 지출이 있습니다.

자문위원들의 방문을 위한 비용과 아울러 자의적 죽음을 위해 스위스에 동행한 사람에 대한 일반 비용은 회원이 부담합니다.

별도로 우리가 중시하는 것은 어떤 회원이든 돈이 없다는 이유로 품위 있는 죽음을 포기하면 안 된다는 점입니다. 그런 이유로 우리는 필요한 경우 '극빈자들을 위한 지원금'을 마련하고 있습니다.

나는 잠이 오지 않는다.

아버지의 휠체어가 접히는 건가?

접히지 않으면 트렁크에 넣을 수 없는데 파스칼의 차로 갈 수 있을까?

　나는 일어난다. 한밤중에 이렇게 벌떡벌떡 일어나는 게 최근에 벌써 몇 번째지?

　어제일리어 휠체어를 검색한다. 구글에 의료기구 사이트 검색 결과가 2만 개 올라와 있다.

　회색 괴물 같은 휠체어 사진이 눈에 확 들어온다. 엄청나게 크다. 비인간적인 로보캅 같다. 머리 받침은 오른쪽에서 왼쪽으로 회전되고, 표적의 위치를 탐지하면 큼직한 팔걸이가 발사. 빵.

　이 휠체어가 아버지를 공격하면? 아버지의 작은 몸을 꼼짝 못하게 하고 금속 팔로 으스러뜨리면?

　나는 휠체어 사진에서 특징에 대한 설명으로 넘어간다. 등받이를 조절할 수 있고, 기울일 수 있다. 접을 수 있나? **접는 것이 아니라 여러 개로 분해할 수 있다. 잭의 연결핀을 빼면 등받이가 좌석 쪽으로 접힌다**(특별한 도구 없이 손으로 분해 가능).

　나중에 생각해보자. 발이 시리다. 나는 침대에 가서 눕는다.

　턱이 아파서 잠을 깼다. 세르주의 말에 따르면 나는 밤새도록 이를 갈았다.

아버지와 어머니의 신분증 복사본, 가족수첩 복사본, 지난달 가스 및 전기 요금 영수증 복사본. 핑크 상자가 차츰 채워진다.

아버지의 의료기록을 받으면, **스스로 택한 죽음**이라고 쓴 아버지의 자필서, 파스칼과 나의 서약서가 남는다. 그리고 파란 종이의 마지막 줄에 **유골단지나 관을 보낼 주소**(장례식)를 적어야 한다.

아버지의 얼굴이 상기되어 있다.

"방금 프랑수아가 왔다 갔는데 이브 생 로랑 경매 이야기를 해줬다. 믿을 수가 없어, 경매가가……."

아버지의 무릎 위에 카탈로그가 펼쳐져 있다. 콜더*의 모빌 사진.

"그리고 아주 기분이 좋아. 오늘 아침부터 거의 다 읽을 수가 있어."

노크 소리. 파란 눈의 젊은 간호조무사가 작은 유리병을 들

---

* 알렉산더 콜더(Alexander Calder, 1898~1976). 미국의 추상 조각가이자 움직이는 조각(모빌)의 창시자.

고 들어온다. 아버지가 미소를 짓는다.

"아, 크리스토프!" **크리스**는 발음이 바스락거리고 **토프**는 발음이 부드럽다.

"안약 넣으셔야 해요. 베르네임 씨."

아버지가 머리를 젖히자 크리스토프는 침대 쪽으로 몸을 숙인다. 이제 아버지의 눈가에 안약 몇 방울이 떨어진다.

크리스토프는 바로 서서 유리병 마개를 닫는다.

"고맙네, 크리스토프."

"조금 이따가 다시 올게요, 베르네임 씨."

아버지는 크리스토프가 사라질 때까지 그를 눈으로 좇는다.

아버지의 눈을 반짝이게 하는 것은 안약이 아니다.

클리닉을 나가다 나는 닥터 J와 마주친다. 그녀는 나와 악수를 하고 싶지 않다는 듯 장갑을 벗지 않는다.

"친구분한테 전화가 왔어요. 친구분이 요구한 대로 아버님의 진료기록을 보냈습니다."

내가 고맙다고 말하기도 전에 닥터 J는 등을 돌렸고 자동문이 닫힌다.

"다니엘이 5월에 심장 수술을 받기로 했다는구나. 큰 수술이지. 다니엘이 어떻게 되는지 알기 전에 스위스로 떠나는 것이 마음에 걸려. 날짜를 좀 미루는 게 가능할까?"

공포 영화에서처럼 일단 약속을 하면 취소가 불가능한 걸까? 어떤 식으로든 4월 9일에 죽음이 아버지를 찾아올까?

내 팔에서 솜털이 일어선다. 소름이 돋는다.

재빨리 스위스 부인의 전화번호를 누른다. 부인은 즉시 전화를 받는다. 나는 상황을 설명하고, 부인은 이해한다. 아무 문제 없다면서.

다시 연락해요, 마담* 베르네임.

아버지는 고개를 끄덕인다. 다행이야.

나는 당장 파스칼에게 전화한다.

"아버지 생각이 바뀐 것 같아?"

나는 창턱에서 뚜껑을 딴 샴페인 한 병을 발견한다.

"그런 것 같아."

버스가 정류장에 서 있다. 뛰어서 길을 건너면 탈 수 있지만

---

*   기혼·미혼에 관계없이 상대 여성을 높일 때 쓰는 존칭.

다리가 후들거려서 그럴 수가 없다, 나는 힘이 없다. 버스가 출발한다. 나는 길 건너편에 서 있다. 클리닉에서, 아버지에게서, 여기서 멀리 떨어진 곳으로 가고 싶다.

정류장의 비바람막이가 설치된 의자에 털썩 주저앉는다. 두 빌딩 사이에 달이 떠 있다. 나는 수첩의 달력과 4월 9일 목요일의 미소 짓는 둥근 달을 떠올린다. 갑자기 이유 없이 눈물이 흐른다.

현관문 앞에서 마리옹이 놓고 간 진료기록을 발견한다. 나는 열어보지도 않고 핑크 상자에 집어넣어 책상 서랍 깊숙이 쑤셔 넣는다.

더 이상 필요 없을 것이다.

나는 벨뷰 호텔 예약을 취소한다.

세르주는 늦게 들어올 것이다. 나는 배고프지 않다.

침대에 눕는다.

몇 달 만에 처음으로 렉소밀 없이 이내 잠이 든다.

"뉘엘, 믿을 수가 없어. 내가 혼자 너한테 전화를 걸었어. 내가 번호를 눌렀어!"

나는 축하한다.

"혼자서! 아무도 도와주지 않았어!"

아버지는 수화기에 침을 튀겨가며 즐거워한다.

3월의 햇살이 내 책상을 비추고 있다. 나는 오렌지색 병실에 있는 아버지, 주름진 눈의 미소를 상상한다.

"우리가 잊은 게 있어서 전화했다. 새 날짜를 정해야 하잖아."

나는 파스칼에게 전화한다.

그리고 서랍을 연다.

서류가 들어 있는 핑크 상자. 속옷이 들어 있는 블루 상자. 나는 토하고 싶다.

스위스 부인, 파스칼, 아버지, 나, 넷 다 6월 11일 목요일에 동의한다.

나는 벨뷰 호텔에 방 두 개를 예약한다.

병실에 들어가니 아버지가 텔레비전을 보고 있다.

쉿.

텔레비전 화면에 작은 언덕 모양의 검은색 선, 몇 개의 곡선, 그리고 갑자기 가팔라지는 절벽 같은 선, 거대한 크레바스 같은 균열이 보인다.

오늘은 프랑스 CAC 40 지수가 2500 이하로 떨어진다. 6년 전 인터넷 버블 붕괴 이후 가장 심한 주가 폭락이다.

아버지와 리모컨을 잡은 아버지의 왼손, 텔레비전 쪽으로 내민 목을 관찰한다.

내가 움츠리고 있을 때마다 아버지는 당신의 아버지가 사망하기 얼마 전 **대놓고 내뱉었던** 말을 자주 꺼냈다. 네놈은 한 푼도 없이 쫄딱 망할 거야.

방학 때 남프랑스의 외딴집에서 라디오방송 유럽 1채널을 듣다가 지지직거리는 잡음 때문에 내용을 잘 알아듣지 못했던 것이 기억난다. 아버지는 날마다 저녁을 먹고 나면 **월스트리트** 주식시장의 흐름을 듣기 위해 찡그린 얼굴로 트랜지스터를 귀에 대고 있었다.

주가 폭락, 블랙 먼데이 같은 말이 들리다 조용해진다. 아버지는 텔레비전을 끄고 리모컨을 침대 위로 던졌다.

아버지가 나를 돌아본다.

빠르게 움직이는 왼손, 손바닥, **내 알 바 아니지**. 그리고 여유로운 미소.

아버지의 얼굴이 매끈하고 부드럽다. 아버지가 얼굴을 탁 때린다. 주가가 폭락하든 말든 아버지는 이제 아무 상관없다.

그래서 나는 아버지가 정말 죽을 결심을 한 거라고 생각한다.

"금방 갈게요!"

나는 휴대폰을 끊고 가방을 든다. 엘리베이터를 기다릴 시간이 없어서 계단을 뛰어 내려간다. 교통카드를 꺼낸다. 드디어 거리에 나왔다. 빈 택시가 신호등에 멈춰 있다.

코생 병원으로 가주세요.

아버님에게 문제가 생겼어요.

화장실을 다녀온 뒤에 일어난 일이다. 일종의 현기증. 클리닉에서는 아버지를 즉시 코생 병원 응급실로 보냈다.

택시는 강변을 따라 달린다.

전원이 끊어진 의료기기들, 쓸모없이 늘어진 호스들, 모니터 불빛도 삐삐 삐삐 하는 소리도 없는 정적 속에서 오열하는 동생의 모습을 나는 상상한다.

공기가 필요하다. 차창을 내린다. 날씨는 포근하다. 짧은 소매에 선글라스를 끼고 퐁네프에 서 있는 관광객들.

아버지가 오늘 죽으려고 다니엘의 상태를 알아야 한다면서 기다렸던 거라면?

나는 눈을 감는다.

택시 요금을 내는 순간, 교통카드를 쥐고 있는 걸 알아차린다. 어찌나 꽉 쥐고 있었는지 손바닥에 빨간 줄이 나 있다.

인턴이 파스칼에게 설명한 바에 따르면 아버지는 혈압이 그리 낮은 것도 아니고, 위험할 만한 점이 전혀 없었다.

아버지는 좁은 스트레처카에 누워 클리닉으로 다시 데려갈 앰뷸런스를 기다리고 있다.

나는 다가갔고, 아버지의 눈이 나에게 고정된다. 아버지의 얼굴이 몹시 창백하다.

"괜찮아요?"

아버지의 얼굴이 일그러진다.

"무서웠어."

"걱정 마요, 괜찮을 거예요. 의사가 혈압이 약간 떨어진 것뿐이니까 심각하지 않대요."

아버지는 고개를 흔든다.

아버지의 왼손이 시트를 움켜잡는다.

"다른 공격을 받을까 봐 겁이 나. 내가 미치면, 빌어먹을, 거기 갈 수 없잖아."

아버지의 관자놀이를 타고 한 줄기의 눈물이 흘러내린다.

스위스 부인은 단체와 일하는 베른의 장례 회사 연락처를 알려주기 위해 파스칼에게 전화했다. 부인은 아버지의 자필서를 제외한 모든 서류를 잘 받았다고 말했다. 파리에 왔을 때 아버지와 면담한 것으로 아버지의 자의적 결정이라고 판단할 수 있었다면서 자필서가 꼭 필요한 건 아니라는 말도 했다. 그거면 스위스에서 법적으로 문제가 되지 않는다면서.

그럼 프랑스에서는 법적으로 문제가 된다는 건가?

내 동생도 나도 아직은 그 문제를 생각해보지 않았다.

변호사에게 문의할 생각도 하지 않았다. 그러나 이제 그럴 때가 온 것이다.

우리는 아버지의 변호사 비에르스 씨에게 물어볼 수도 있었다. 비에르스 씨는 클리닉에 여러 번 면회를 와서 아버지의 상태를 잘 알고 있다.

내가 물어보기로 한다.

변호사는 사무실에 있다. 비서가 잠깐 기다리라고 하고 전화를 바꿔준다.

나는 스위스 부인과 서류, 6월 11일 등 전부 다 자세히 얘기한다. 변호사는 내 말을 중단시키지 않고 듣고 있다. 나는 마침내 동생과 나에게 위험은 없는지, 필요할 경우 우리에게 조언해줄 수 있는지 묻는다.

변호사는 대답하지 않는다. 한마디도 하지 않는다. 전화가 끊어졌나? 나는 휴대폰을 귀에 바짝 댄다.

숨소리가 나는 것 같다.

"변호사님? 여보세요?"

목소리를 가다듬기 위한 마른기침 소리.

"내가 방해했나요? 나중에 다시 걸까요?"

짧은 숨소리, 아니 한숨 소리.

"아니…… 아니…… 방해하는 거 아닙니다. 미안하지만 내가 해줄 수 있는 게 전혀 없어서……."

변호사가 수화기를 내려놓는다.

나는 잠시 꼼짝하지 않은 채 휴대폰을 쳐다보면서 **끊어진** 신호음을 듣는다. 삐이.

이윽고 나는 파스칼에게 전화한다.

내 손이 얼음같이 차갑다.

세르주는 우리가 오래전부터 알고 지내는 조르주, 조르주 키에즈망 변호사에게 연락하자고 한다.

조르주는 끝내겠다는 결정에 대한 아버지의 자필서를 가지고 있는지 대번에 묻는다.

아버지가 글씨를 쓰지 못하기 때문에 자필서는 없다.

"말씀은 하시죠? 그럼 녹음을 하거나 동영상으로 찍어요. 그것부터 해놔야 돼요."

그리고 나서 조르주는 아버지의 상태와 진료기록에 대해 묻는다. 나는 대답해주면서 스위스 단체에 따르면 아버지가 안락사를 위한 조건들─정신이상이 아니고 치유가 불가능한 경우—을 완벽하게 충족시킨다고 덧붙인다.

"아버님이 무엇이든 쉽게 포기하지 않는, 의지가 아주 강한 분이라는 인상을 받긴 했어요. 그래도 자식들에게 그런 부탁을 했다는 건 좀 놀랍네요. 나라면 수면제가 충분히 모이면 단숨에 털어 넣으려고 밤마다 모아둘 것 같은데."

한 무더기의 하얀 알약, 불면의 밤.

조르주는 우리가 아버지와 함께 스위스로 갈 생각인지 알고 싶어 한다. 물론, 우리는 아버지와 동행할 것이고 끝까지 함께 있을 것이다.

"내 생각에는 자매가 아버님을 **모시고** 가는 것보다는 거기서 **합류**하는 게 나을 것 같은데."

나는 벨뷰 호텔의 홈페이지를 쳐다본다. 그리고 테라스에서 저녁을 먹는 우리의 모습을 상상한다. 6월의 따뜻한 햇살을 받으며 파스칼과 나는 아버지를 에워싼다.

아니, 나는 예약을 취소하지 않을 것이다.

클리닉 부근의 현대식 건물에 있는 카페 테라스에서 영화감독 알랭 카발리에를 만난다.

알랭은 디지털카메라 작동하는 방법을 보여준다. 나는 카메라를 잡은 그의 손가락들을 쳐다본다. 엄지손톱의 반달이 커 보인다. 반쯤 감은 하얀 눈꺼풀.

나는 시도해본다. 난생처음으로 카메라를 들고 있다. 내가 너무 움직여서 영상이 흔들린다.

다시 시도한다. 훨씬 낫다.

알랭은 너무 가까이에서도, 너무 멀리서도 찍지 말라면서 적당한 거리를 알려준다.

알랭이 소리를 테스트한다.

됐다. 동영상을 촬영할 수 있다.

나는 클리닉을 향해 걸어가면서 손에 쥐고 있는 이 카메라가 알랭이 작고한 자기 아버지를 촬영했던 것이 아닌지 의문이 든다.

"그게 뭐니?"

"디지털카메라예요."

아버지가 실망하는 것 같다. 내가 동영상 촬영을 위해 카메라를 빌렸다고 알렸을 때 아버지는 미키마우스의 귀처럼 생긴

필름 매거진이 달린 커다란 카메라일 거라고 기대한 모양이다.

"알랭 카발리에의 카메라인데, 내게 빌려줬어요."

"아하!"

아버지는 알랭 카발리에 감독의 영화를 대부분 봤다.

아버지가 자세를 바로 한다.

"내가 뭘 해야 되는데?"

"스위스로 가겠다는 의지를 표현해야 돼요. 아빠가 자필로 쓰려고 했던 것처럼 정확하게."

아버지가 고개를 끄덕인다.

아버지는 옥좌에 앉은 듯 휠체어에 똑바로 앉아 두 손을 팔 걸이에 올린다.

아버지가 마른기침을 한다.

아버지의 눈이 카메라를 응시한다. 아버지는 준비가 되었다.

사랑하는 내 딸들, 사랑하는 내 손주들…….

아버지는 유연한 몸짓으로 왼팔을 든다.

……오늘 내가 내리는 결정을 너희들이 이해해주기를 바란다…….

나는 아버지가 그렇게 말하는 걸 들은 적도 본 적도 없다. 마치 선거 유세를 하는 것 같다.

나는 인생을 만끽하면서 살았다. 요컨대 아름다운 인생을 사는 특권을 누렸다…….

나는 웃지 않으려고 뺨 안쪽의 살을 깨문다.

……그리고 내 인생이 종말에 이른 지금 나는 너희들에게 작별 인사를 하고 싶다. 그리고 너희들도 아름다운 인생을 살기 바란다. 많은 것을 보고, 많은 사람을 만나고, 그리고…….

아버지가 머뭇거린다. 아버지는 무슨 말을 덧붙이려는 걸까? 나는 아무 말도 하지 않는다. 녹음이 되고 있어서 나는 어떤 식으로도 아버지의 말을 유도하거나 끼어들지 말아야 한다.

……이상이다.

아버지는 팔걸이에 팔을 올리고 작은 카메라를 향해 미소 짓는다.

"나 어땠니?"

프랑수아즈는 동영상 파일을 기계에 집어넣고 모니터를 켰다. 타임 코드가 돌아간다.

프랑수아즈가 나간다.

나는 편집실에 혼자 있다.

아버지의 영상이 화면에 나타난다.

내 눈에는 유세하는 정치인 같은 동작이나 프롬프터 같은 말투가 아니라 아버지의 작은 머리, 회색빛의 주름진 얼굴, 가는 목밖에 보이지 않는다. 그 순간 나는 처음으로 아버지가 노인이라는 걸 알아차린다.

영화는 끝나고 화면이 시커멓다.

내가 문을 열자 프랑수아즈가 돌아와 스위치 몇 개를 누른다. 기계에서 미지근한 DVD 한 장이 나온다.

나는 프랑수아즈가 가기 전에 이 카메라가 알랭이 자기 아버지를 촬영했던 것이 맞는지 물어본다.

내 예상이 맞았다.

지하철을 타고 가는 동안 주위를 쳐다보는데 노인들만 보이는 것 같다. 내려다보니 투명한 케이스에 들어 있는 DVD가 하얀 눈동자처럼 나를 응시하고 있다.

"뉘엘."

치켜세운 엄지손가락과 집게손가락, 아버지가 뭔가 중요한 말을 하려는 것이다.

"**고별식** 할 때가 됐지?"

아버지가 싱긋 웃으면서 내 외할머니 흉내를 내는 발음으로 말한다.

아버지는 **연락할** 친구들의 명단을 생각해놓았다.

나는 너무 소문이 나면 안 된다고 당부한다.

각자 어떤 반응을 보일지 예측할 수가 없다.

아버지는 어깨를 으쓱한다.

아버지가 연락하고 싶은 첫 번째 사람은 미국에 있는 사촌 여동생이다. 아버지와 가장 친한 사촌이기 때문일 것이다.

두 사람은 최근에 여러 번 통화했지만 아버지의 표현에 따르면 아직 **까놓고 이야기하지** 못했다.

아버지는 내가 해주길 바라고 있다.

나는 원치 않는다. 그건 아버지가 해야 할 말이다.

아버지는 이렇게 주장한다. 말이 어눌해서 전화로는 사촌이 제대로 알아듣지 못할 거라고.

그래도 나는 싫다.

하지만 결국 항복한다. 조르주의 말대로 아버지는 무엇이든 쉽게 포기하지 않는, 의지가 아주 강한 사람이다.

아버지가 사촌의 전화번호를 수첩에서 찾아보지도 않고 나에게 불러준다. 번호를 외우고 있다는 것에 아버지는 기뻐한다.

뉴욕 시간은 아침 10시, 아버지의 사촌은 집에 있다. 나는 모든 걸 설명한다. 아버지의 사촌이 내 말을 중단시키고 반복해서 말하게 한다. 아버지는 내 휴대폰에서 눈을 떼지 않고 있다.

전화선 너머에서 침묵이 흐른다. 비에르스 변호사의 아주 긴 침묵이 생각난다. 이윽고 사촌이 말한다.

"바꿔다오."

나는 휴대폰을 아버지에게 내밀고 병실을 나간다.

몇 분 후 들어간다. 아버지는 전화를 끊었다. 아버지가 휴대폰을 돌려준다.

"몹시 반대하는구나."

아버지의 입아귀가 휘었지만 눈빛은 반짝인다.

"오겠대. 내 생각을 바꾸려고."

클리닉을 나간다. 나는 서 있는 버스를 아슬아슬하게 올라탄다. 버스가 출발하는 순간 거리 모퉁이를 도는 G. M.의 차를 얼핏 본 것 같다.

작은 마당의 장미나무에 꽃이 피어 있고, 대기실의 라디에이터는 꺼져 있다. 곧 여름이 온다, 6월 11일이 다가온다.

문 너머에서 마룻바닥 삐걱거리는 소리가 난다. 이제 내 차례다. 마침내.

거리를 내려오면서 나는 꺼놓았던 휴대폰을 켠다. 어찌할 바를 모르는 파스칼의 음성메시지.

나는 즉시 동생에게 전화를 건다.

파스칼은 비에르스 변호사가 얼마 전 불치병에 걸렸다는 걸 알고 방금 자살했다고 말한다.

내가 해줄 수 있는 게 아무것도 없어서. 삐이, 전화가 끊어진 신호음.

모퉁이 대형 약국의 유리창에 비친 내 얼굴이 창백하다.

아버지에게 소식을 전하기 위해 우리는 클리닉에서 만난다. 아버지가 이 비보를 반드시 우리를 통해서 알아야 하기 때문이다.

"끔찍해…… 끔찍해."

가슴 쪽으로 숙인 아버지의 머리가 왼쪽에서 오른쪽으로, 오른쪽에서 왼쪽으로 움직인다.

아버지의 미국 사촌은 혼자 이동할 수 없기 때문에 딸과 함께 왔다.

두 여자가 호텔에 짐을 내려놓자마자 클리닉으로 달려오고 있다.

나는 두 여자가 도착하기 전에 병실을 나온다. 아버지 혼자 두 여자를 만나게 하고 싶다.

아버지가 마카로니 접시를 건드리지도 않고 밀어냈다. 아버지는 배고프지 않다. 사촌과의 재회가 좋지 않았다.

아버지는 이해시키려고 했지만 사촌은 들으려고도 하지 않았다. 자기는 이미 아버지와 오빠, 그리고 남편을 잃었다면서 가장 좋아하는 사촌마저 그렇게 떠나게 내버려두지 않겠다고 거듭 말했다.

그리고 그걸 막기 위해서라면 뭐든 할 수 있다고 덧붙였다.

경찰에 고발하는 것도 포함해서.

아버지가 눈에 띄게 작아진 얼굴로 나를 돌아본다.

"어쩌면 네가 말하는 게 좋을지도 모르겠다."

나는 싫다.

나는 할 만큼 했다. 아니 너무 많이 했다. 나는 모든 걸 양보했다.

이제 이것으로 충분하다. 아버지 스스로 정당화해야 한다. 아버지가 알아서 사촌과 모든 사람을 이해시켜야 한다.

나는 진저리가 난다.

마카로니 접시, 작은 빵, 와인, 탁자 위에 있는 모든 것, 탁자까지 모조리 내던져버리고 먹지 말라고, 굶어서 죽으라고, 나를 가만 내버려두라고 소리치고 싶었다.

하지만 나는 그러지 않는다.

병실을 나간다.

자동문이 열리지 않는다. 19시 이후에 클리닉을 나가려면 비밀번호가 필요하다. 번호를 잊어버렸는데 물어볼 사람이 아무도 없다. 나는 끔찍한 노인들과 함께 여기 갇혀 있게 될 것이다. 노인들이 나를 향해 다가올 것이다. 「**인도의 무덤**」*에 나오는 한센인들처럼, 좀비처럼.

---

* 「Das Indische Grabmal」, 1959년에 제작한 독일 영화.

나는 나가고 싶다.

유리문 너머에서 불쑥 나타난 간호조무사 한 명이 문을 열어준다.

마침내 바깥 공기.

렉소밀을 먹지 않고 걷는다. 빨리, 오랫동안. 발, 발목, 장딴지, 무릎관절, 허벅지 근육, 내 몸이 혼자서 전진한다. 나는 아무 생각할 필요 없이 몸을 따라갈 뿐이다. 보도가 아닌데 발걸음이 점점 경쾌해진다. 탄성이 좋은 운동화.

계속 더, 더 걸을 수 있다. 직진으로, 아무 데나, 세상 끝까지.

하지만 나를 기다리는 사람이 있다, 세르주.

살짝 노크한다. 대답이 없다. 나는 조용히 들어간다. 아버지는 휠체어에 앉아 잠들어 있다.

최근에 아버지는 몹시 피곤했다. 아버지는 미국 조카와 함께 보부르에 가서 칸딘스키 전시회를 봤고, 그랑 팔레에 가서 워홀 초상화 전시회를 보고 왔다. 그리고 찾아오는 손님이 많았다. 아버지의 **고별식**을 위해서.

나는 아버지의 맞은편 물결무늬 의자에 앉는다.

아버지가 완전히 허약해 보인다.

뇌혈관 장애가 일어나기 전까지 아버지는 체조, 복근 운동, 아령으로 체력 단련을 했다. 지금 아버지의 허벅지와 팔은 근육이 다 풀렸다.

아버지의 발이 전보다 훨씬 작아진 것 같다.

아버지의 구두 사이즈는 41*이다. 나는 대개 아버지의 생일 선물로 구두를 선택했다. 맨 처음 선물은 퓨마 흰색 벨크로 운동화였다. 그다음은 저작권료를 받고 아주 튼튼한 밤색 웨스턴 구두를 선물했는데 아버지는 너무 뻣뻣하다며 거의 신지 않았다.

나는 아버지의 왼손 엄지손가락 바깥쪽에 난 흉터를 본다.

옆 병실의 텔레비전 소리가 희미해지면서 아버지의 숨소리, 조그맣게 코를 고는 소리만 들린다.

오늘, 아버지는 내가 무릎을 만지거나 뺨에 손을 댈 수 있을 정도로 아주 가까이 있다. 나는 일어나서 아버지의 머리에 입을 맞출 수 있다. 어렸을 때처럼 아버지의 코를 깨물거나 팔뚝의 금빛 털을 잡아당기거나 목에 얼굴을 묻고 냄새를 맡을 수

---

* 유럽의 신발 사이즈 41은 한국 사이즈로 260mm에 해당된다.

도 있다.

하지만 정확하게 일주일 후, 아버지는 여기 없을 것이다.

더 이상 아버지를 보지 못할 것이다. 다시는.

"아빠!"

아버지는 눈을 뜨자마자 내 뒤쪽을 응시한다.

나는 돌아본다.

"저거 좀 치워줘."

꽃병 대용으로 물을 채운 플라스틱 통에 담긴 작은 꽃다발.
나는 플라스틱 통을 든다.

"개불알꽃이네요."

아버지가 웃음을 터뜨린다. 뭐?

내가 말랑말랑한 플라스틱 통을 아버지의 왼손에 놔준다.

아버지는 손으로 무게를 가늠하면서 반복한다. **개불알꽃.**

아버지가 이상한 소리를 낸다. 목구멍 안쪽에서 나는 소리인
지, 콧구멍에서 나는 소리인지 알 수가 없다.

아버지는 눈물이 나도록 웃는다.

얼굴이 빨개져 있다.

"아빠? 진정해요."

나는 꽃다발을 빼앗으려고 하지만, 아버지는 놓지 않는다.

아버지가 딸꾹질을 한다. 아버지의 왼쪽 뺨에서 수염에 갇힌 눈물이 반짝인다.

개불알꽃. 아버지는 숨이 넘어가게 웃는다.

나는 등을 두드려주려고 일어나지만 내 팔이 정지된다.

왜 안 되는데? 독극물을 삼키러 스위스로 가는 것보다 이렇게 웃다가 죽는 게 더 낫지 않을까?

나는 다시 앉는다.

경기에 가까운 웃음이 차츰 가라앉고 아버지는 호흡을 가다듬는다.

아버지의 얼굴에 혈색이 돌고 빛이 난다. 이제는 노인이 아니라 예전의 내 아버지 모습이다,

나는 일어나서 아버지를 안아준다. 아버지의 머리에 입을 맞추고 푸르뎅뎅한 체크무늬 셔츠 깃이 있는 아버지의 목에 얼굴을 묻는다.

내 아버지.

내가 꽃다발을 들고 병실을 나갈 때 아버지는 다시 웃기 시작한다.

집으로 가는데 미국 사촌이 여러 개의 문자메시지를 보냈다.

두 여자가 파스칼과 나를 꼭 만나고 싶어 한다.

나는 나중에 전화할 것이다. 월요일에.

이번 주말에는 클리닉에 가지 않을 것이다. 아버지는 평일에 올 수 없었던 친구들을 만난다. 그리고 노에미와 라파엘, 어머니에게 말해야 한다.

날씨가 선선하고 비가 온다. 세르주는 자기 책상 앞에 앉아서 일하고 있다.

나는 내 책상 앞에 앉아서 베른 여행에 관련된 것들을 하나하나 점검한다.

수요일 10시. 아버지는 앰뷸런스를 타고 출발. 아버지에게는 그게 더 편안할 것이다. 우리는 클리닉 원무과에 아버지가 공중인 문제를 해결하기 위해 지방으로 가야 한다고 미리 알려놓았다.

파리에서 베른까지는 585킬로미터. 아버지는 17시나 18시경 벨뷰 호텔에서 우리를 만날 것이다.

파스칼, 디알리카—아버지가 아주 좋아하는 전 간호조무사—, 그리고 나는 7시 35분에 출발하는 비행기를 탈 것이다. 8시 55분에 베른 도착.

아버지는 우리에게 기다리는 동안 파울 클레 센터라도 다녀오라고 말한다. 아버지 기대에는 못 미치는 미술관이지만. **그렇지 않으면 너희들 괜히 시간만 버리는 거야.**

아버지가 도착하면 디알리카가 옷을 갈아입힐 것이다. 아버지는 휴식을 취할 것이고, 얼마 후 우리는 저녁을 먹으러 내려갈 것이다.

어쩌면 베른에 도착하니 아버지 생각이 바뀌어서 우리는 파리로 함께 돌아올 것이다.

나는 스위스 부인에게 환자 중에 계획을 취소하는 경우도 있었는지 물었다. 스위스 부인은 그런 일이 딱 한 번 있었다고 대답했다. 중병에 걸린, 나이가 지긋한 남자였는데 젊은 아내와 동행했다. 부부는 베른 시내로 산책을 나갔고 마지막 저녁을 위해 아내에게 빨간 드레스를 선물했다. 남편은 아내가 드레스를 갈아입는 동안 호텔 바에서 기다렸다. 빨간 드레스 차림으로 나타난 아내가 어찌나 아름다운지 남편은 살기로 결심했다.

다음 날, 부부는 스위스 부인을 초대해서 샴페인을 마셨고, 다시 떠났다.

한 달 전쯤 아버지는 전날 저녁 카날 플뤼스 채널에서 방영

중인 인기 토크쇼 프로그램 '르그랑 주르날'에서 미국인 사진 작가 데이비드 라샤펠을 봤는데 굉장히 **멋진 남자**라고 말했다. 그리고 이렇게 덧붙였다. **그런 남자를 위해서라면 스위스에 가는 걸 포기할 텐데.**

그럼 내가 라샤펠에게 연락해서 그를 아버지에게 데려왔어야 했을까?

그만. 이제는 지긋지긋하다.

아 참, 르볼테르 레스토랑에 전화를 걸어야 한다.

티에리가 전화를 받는다. 내가 아버지에게 일어난 일을 얘기하자 티에리는 겁에 질린 탄성을 지른다. 티에리는 화요일 12시 30분에 세 사람을 위한 테이블을 예약해준다. 레스토랑 실내는 휠체어가 다니기 힘들기 때문에 테라스에 있는 자리를 잡아준다.

"비가 오면?"

"테라스는 방풍이 잘 되어 있습니다. 그리고 행복한 시간을 보낼 수 있게 우리가 신경을 써서 잘 모시겠습니다."

화요일에 봐요.

나는 전화를 끊고 책상을 떠난다.

세르주가 없었다면 나는 집에 틀어박혀서 누운 채로 공포 영화나 전쟁 영화를 보면서 빈둥거렸을 것이다.

나는 장을 보러 나간다.

레인코트 모자 위로 떨어지는 빗방울 소리가 내 머리를 울린다. 내가 군사 행진 같은 발걸음으로 걷고 있다. 「풀 메탈 자켓*」에 등장하는 교관이 흥얼거리는, 누구나 다 아는 노랫가락에 따라 젊은 신병들이 합창한다.

Papa and Mama were lying in bed

Papa and Mama were lying in bed

오른발, 왼발.

Mama rolled over and this is what she said

Mama rolled over and this is what she said

이 영화를 본 뒤에 아버지는 휘파람을 불면서 차려 자세로 등을 꼿꼿하게 펴고 턱을 치켜들고 고래고래 소리쳤다. Sir Yes Sir.

---

* 「Full Metal Jacket」, 1987년에 제작된 스탠리 큐브릭 감독의 전쟁 영화. 베트남전의 참상을 사실적으로 담았다.

아버지 때문에 나는 깔깔대고 웃었다.

하나 둘, 하나 둘.

Pourquoi donc a-t-il fallu que j'cède(나는 왜 들어줘야 했을까)

Pourquoi donc a-t-il fallu que j'cède(나는 왜 들어줘야 했을까)

내 손목에서 장바구니가 앞뒤로 흔들린다.

Quand mon père a demandé que j'l'aide(아버지가 도와달라
고 했을 때)

Quand mon père a demandé que j'l'aide(아버지가 도와달라
고 했을 때)

나는 이제 멈출 수가 없다. 채소 가게, 생선 가게, 빵 가게. 그
리고 엘리베이터 안에서 나는 호흡을 가다듬는다.

드디어 아파트 문을 열고 들어간다. 세르주가 있다.

세워총, 쉬어.

아버지에게서 전화가 온다.

"이제 됐다. 네 어머니한테 말했어."

"뭐래요?"

"아무 말도. 네 어머니가 좀 감동한 것 같았어."

아버지는 한숨을 쉰다.

"내가 그렇게 고통을 줬는데 네 어머니가 나를 떠나지 않은 것이 이해가 안 돼."

나는 어머니에게 전화한다.

"아빠한테 들었죠?"

"그래. 네 아버지가 몹시 감동한 것 같더라. 나는 조금."

"그래도…… 엄마는 너무 우울하거나 그런 건 아니죠?"

"절대 아니지."

파스칼도 미국 사촌 모녀의 문자메시지를 여러 개 받았다.

우리는 내일, 월요일 11시에 두 여자가 묵고 있는 호텔 바에서 만나기로 했다.

파스칼이 나에게 강조한다. 가능한 한 빨리 얘기를 끝내고 금방 일어나자.

그러자.

두 여자가 우리를 기다린다. 아버지도 그 여자들과 함께 있을 것이다.

나는 소파에 앉은 세르주에게 몸을 바짝 붙였다. 우리는 벽난로에 불을 피워놓았다.

일어나서 파카를 입는다. 잿빛 하늘, 나는 비가 내리는 밖으로 나간다.

거리 끝에서 동생의 흰색 레인코트를 발견한다. 우리는 함께 호텔로 들어간다.

그들 세 사람이 차를 시켜놓고 앉아 있다. 모녀, 우리 아버지. 빠르게 나누는 입맞춤 인사. 우리는 앉는다.

모녀는 우리 맞은편에 앉아 있다. 두 여자는 희끗희끗한 머리도, 우리를 쳐다보는 시선도 닮았다.

나는 모녀 등 뒤로 보이는 안뜰에 시선을 둔다. 포석 사이에서 자라는, 거의 에메랄드 빛깔에 가까운 초록빛 이끼. 나는 세르주와 함께 시골에서 살고 싶다.

웨이터가 와서 메뉴판을 내민다.

"아무것도 마시고 싶지 않네요."

그럼?

"아버지가 우리에게 설명했어. 원치 않아도 이제는 생각을 바꿀 수가 없다고……."

나는 말을 중단시킨다.

"마지막 순간까지는 언제든 생각을 바꿔도 돼요. 스위스 부인도 분명히 그렇게 말했어요. 처음부터 계속 그렇게 말했고요. 아빠?"

아버지는 고개를 숙이고 대답하지 않는다.

"아버지가 우리에게 전부 다 말했어. 너희가 몹시 지겨워했다고. 네 아버지가 이런 식으로 오래 끌 거라고 생각하고서 거기 가는 걸 포기하면 돌봐주지 않겠다고 너희가 협박했다고 말이야."

"아빠가 그렇게 말했어요?"

비뚤어지는 입, 아버지는 뺨 안쪽의 살을 깨물고 있다.

"아빠, 우리를 똑바로 보고 말해요. 아빠가 정말 그렇게 말했어요?"

아버지가 고개를 든다.

"모르겠어……. 아마도……."

그리고 아버지가 미소를 짓는 것 같다.

손가락에서 쥐가 난다. 나는 주먹을 꽉 쥔다. 내 손이 튀어 나가 아버지의 숨통이 끊어질 때까지 목을 움켜잡고 조르려 한다.

진정해, 나는 심호흡을 한다. 한 번, 두 번.

나는 엉덩이를 살짝 들고 두 손을 깔고 앉는다. 손이 얌전히 있게 하려고.

"아빠가 어떻게 그런 말을 할 수 있어요?"

아버지는 어깨를 으쓱한다.

"그래야 나를 귀찮게 하지 않으니까."

모녀가 아버지를 향해 고개를 돌렸다.

"그렇다고 그런 막말을 하다니!"

아버지는 낄낄거린다.

내 두 손이 움찔거린다. 나는 체중으로 두 손을 누른다. 두 손
은 움직이지 못할 것이다.

"그건 진짜 마음에 안 드네요. 그건 파렴치한 자식들로 몰아
버리는 말이잖아요."

전화선 너머에서 들려오는 조르주의 목소리가 강경하고 날
카롭다.

"동영상 파일, 그게 아버님의 의지라는 건 확실해요?"

선거 유세하는 것 같은 몸짓, 프롬프터 같은 말투.

"자신 없어요."

"그럼 다시 시작해요. 모든 게 분명하고 명확해야 돼요. 동영

상을 다시 촬영해서 공중인에게 원본 파일을 넘겨요. 그리고 자매도 하나 따로 보관해두고."

우리는 그 개구리 같은 공증인 대신 아주 호의적인 젊은 공증인으로 교체했었다. 아버지가 하는 말을 잘 알아들어야 하기 때문이다.

"그리고 동영상을 다시 촬영할 때는 아버님에게 뭘 하는지 설명하지 말아요. 알면 아버님이 다시 위반 행위를 할 수도 있어요."

알았어요.

"그리고 스위스로 갈 때 아버님과 동행하지 않는 게 좋겠어요. 죽을 결심이 확고하면 혼자 가는 게 맞아요."

"하지만 거기서 합류해서 곁에 있다가……."

"아니, 내 생각에는 그 후에 가는 게 나아요."

나는 스피커폰 버튼을 누르고 수화기를 내려놓는다.

어찌나 고요한지 벽난로에서 불꽃 튀는 소리가 폭발음처럼 들린다.

「소일렌트 그린」에서 에드워드 G. 로빈슨이 하얀 클리닉으로 혼자 들어가는 장면이 또 떠오른다.

내 옆에 있는 동생의 몸이 갑자기 차가워진 것을 느낀다.

세르주가 일어난다.

"조르주의 말이 맞아."

파스칼과 나는 동시에 탁자 위에 놓인 우리의 위스키 잔을 집어 든다.

나는 목이 메어 간신히 삼킨다.

동생의 술잔에서 얼음 부딪히는 소리가 난다. 동생이 벽난로 가까이로 간다.

"그래, 조르주의 말이 맞아."

다시 한 모금, 또 한 모금. 나는 미국 사촌 모녀의 비난하는 눈초리와 아버지의 희미한 미소가 떠오른다.

나는 술잔을 비운다.

"그래, 맞아."

우리는 임무를 나눈다. 파스칼은 앰뷸런스 기사와 스위스 부인에게 연락할 것이고, 나는 동영상 촬영과 공증인을 맡을 것이다.

그런 다음 우리는 아버지에게 혼자 떠나야 한다는 걸 알리기 위해 클리닉에서 다시 만날 것이다.

"그러면 아버지 생각이 바뀔 거라고 생각해?"

"그렇지는 않을 거 같아."

"나도."

파스칼은 집으로 돌아가야 한다.

나는 동생이 가지 말고 한방에서 같이 잤으면 싶다. 우리는 잠이 오지 않아서 트윈베드에 누워 밤새도록 얘기할 텐데.

우리가 어렸을 때처럼.

하지만 엘리베이터가 올라왔고 동생이 떠난다.

내일 봐.

나는 서재로 달려간다.

알랭 카발리에게 또 신세를 지고 싶지 않다.

토니에게 전화를 건다. 토니가 디지털카메라를 빌려주겠다고 한다. 나는 내일 아침 카메라를 가지러 프로덕션에 있는 그녀의 사무실에 들를 것이다.

됐다.

나는 젊은 공증인에게 메일을 보낸다.

아버지가 본인의 손으로 직접 중요한 서류들을 넘길 수 있게 수요일에 클리닉으로 오실 수 있을까요?

그러고 나서 나는 아버지가 계획을 바꿔서 우리는 떠나지 않게 되었다는 메시지를 디알리카의 응답기에 남긴다.

마지막으로 비행기 티켓과 벨뷰 호텔 예약을 취소한다.

오늘은 이것으로 충분하다.

토니의 사무실은 아주 따뜻하다. 그녀는 영화 준비로 한창 바쁘다. 그녀가 카메라 작동하는 방법을 설명해주는 사이 칸막이 저편에서 휴대폰 벨 소리, 웃음소리, 커피메이커 꾸르륵거리는 소리가 들린다. 나는 이 소란스러운 분위기 속에 온종일이라도 있을 수 있지만 토니는 약속이 있다. 그리고 나는 동생을 만나야 한다.

검은색 카메라 케이스, 멜빵, 권총집 같다.

토니가 문까지 배웅하고 나를 꼭 안아준다. 그녀가 놓아주자 나는 춥다.

층계에서 검정 가죽옷에 헬멧을 쓴 남자와 마주친다. 남자는 장갑 낀 손으로 금빛 슈크림이 가득 든 흰색 종이 쇼핑백을 들고 있다. 그가 지나가고 나는 돌아본다. 실내등 불빛에 헬멧과 엉덩이를 덮는 매끄러운 가죽이 반짝거린다.

아버지가 마음에 들어 할 남자가 틀림없다.

클리닉 근처의 카페에서 파스칼을 만난다.

나는 어제 점심부터 아무것도 먹지 않았다. 파스칼도 마찬가지다.

우리는 커피 두 잔과 나눠 먹을 샌드위치 한 개를 주문한다.

동생이 가방에서 작은 수첩을 꺼낸다.

"다 적어놔야 해, 잊어버릴까 봐 무서워서. 스위스 부인이 몇 가지를 당부했어. 출발할 때 아버지의 서류들, 그리고 시신과 함께 우리에게 돌려보낼 가족수첩을 잊지 말고 보내달라고."

시신.

앰뷸런스가 11시 30분 전에 단체의 아파트에 도착하면 안 된다. 아무도 없을 것이다. 의사가 꽤 먼 곳에서 기차를 타고 오기 때문이다. 스위스 부인도 **필요한 것을 사러 가기** 때문이다.

나는 동생의 말을 끊는다.

"**아파트**라고 했어?"

나는 방 두 개, 천창, 삐걱거리는 마룻바닥에 깔아놓은 낡은 양탄자를 상상한다. 마침내 에드워드 G. 로빈슨이 혼자 들어가는 흰색 클리닉의 이미지가 지워진다.

파스칼이 다시 말을 잇는다. 스위스 부인은 우리가 **그 후에**, 즉 15시에는 거기 와 있기를 바란다. 경찰과 장례에 관련된 일체의 절차를 해결하기 위해서다.

나는 샌드위치를 뚫어져라 쳐다본다. 붉은 햄 조각이 나를 조롱하듯 혀를 내밀고 있는 것 같다. 나는 배가 고픈 건지 토하고 싶은 건지 모르겠다.

동생은 앰뷸런스 기사들에게도 연락했다.

그들은 수요일 22시 30분경 클리닉으로 아버지를 태우러 올 것이다.

천천히 달리면 오전 중에 베른에 도착할 것이다.

동생이 수첩을 덮는다.

파스칼이 일어나서 나도 일어난다.

동생이 클리닉 쪽으로 몇 걸음을 떼다가 멈춰 선다.

"이해가 돼?"

"아니."

"나도."

동생의 눈이 유난히 커 보인다.

아버지가 문 쪽으로 앉아 있는 걸 보면 우리를 기다린 것 같다.

우리를 보자마자 아버지는 울음이 터진다.

"아빠……."

아버지는 고개를 설레설레 젓는다.

"지긋지긋해……. 기회가 있었을 때 권총으로 머리를 쐈어야 하는 건데."

나는 아버지를 안아줘야 하지만 그럴 수가 없다.

"진정해요. 자……. 코 풀어요."

나는 크리넥스를 내민다.

"어제 일은……."

"그 얘기라면 그만둬. 더는 말하고 싶지도 듣고 싶지도 않다."

"어제 일로 우리는 조르주 키에즈망과 통화했어요. 아버지가 내뱉은 말 때문에 스위스까지 아버지와 동행하는 것은 우리에게 너무 위험하다는 것이 조르주의 생각이에요."

아버지는 어깨를 으쓱한다. **휴우.**

"정말로 거기 가고 싶은 거라면 아버지 혼자 가시는 게 나을 거래요."

아버지는 자세를 바로 한다.

"좋아, 나도 그게 좋을 것 같아."

아버지의 얼굴에 방금 눈물을 흘린 흔적이라곤 전혀 없다.

"나한테 할 말이 그게 다야?"

"아뇨, 아버지를 다시 촬영해야 돼요. 처음에 찍은 건 자연스럽지가 않아요. 책을 읽는 것 같아서."

파스칼이 나간다. 문을 닫는 동생의 창백한 얼굴이 보인다.

나는 케이스에서 카메라를 꺼낸다.

"뉘엘!"

아버지가 미소 짓고 있다.

"내 **계획**에 대해 그는 뭐라고 해?"

"그가 누구를 말하는 거예요?"

"이름이 뭐랬더라? ……."

지난번에 **현기증**으로 쓰러진 뒤로 아버지는 점점 더 사람 이름을 기억하지 못한다.

"네 변호사……."

"키에즈망? 자기라면 자식들에게 도와달라는 부탁을 절대 하지 않았을 거라고 했어요. 혼자서 조용히 해결했을 거라면서."

아버지의 미소가 굳어진다.

"아 그래? 어쨌든 나를 아주 용기 있는 사람이라고 생각하는 이들도 많아. 나에게 탄복하는 사람도 많고."

한 달 후, 나는 여든아홉 살이 된다. 열 살만 덜 먹었다면 나는 아마 병마와 싸웠을 것이다. 물론 꼭 그럴지 자신할 수는 없지만. 하지만 확실한 건 이렇게 사는 걸 원치 않는다는 것이다. 이런 삶은 나와 관계가 없다. 끝난 것이다. 나는 이제 움직일 수가 없고, 정상적인 삶의 아주 기본적인 동작도 할 수가 없다. 내가 좋아하는 것을 누릴 수가 없다. 전혀. 라파엘, 나는 이제 너와 여행할 수 없어. 이제는 너에게 아무것도 가져다줄 수 없어……. 나는 이런 상태로 계속 지내고 싶지 않아……. 너무 고단할 뿐이다……. 이렇게 살아 있을 바에야…….

나는 카세트를 빼서 DVD와 함께 에어캡 봉투에 넣는다. 접착테이프의 보호지를 떼어내고 뚜껑을 붙인다. 이제 됐다.

오후 늦게, 스쿠터를 타고 오느라 뺨이 벌게진 공증인이 헬멧을 겨드랑이에 끼고 병실에 들어왔다. 아버지는 공증인에게 봉투를 내밀었다. 내용물을 자세히 밝히지 않고. 공증인이 떠났다.

앓던 이가 빠졌다.

내가 나가는 순간 아버지가 상기시킨다.

"내일 르볼테르에 가는 건 변함없지?"

"물론이죠."

아버지는 안도의 숨을 내쉰다. 나는 눈물이 핑 돈다.

나는 돌아가서 아버지를 포옹한다.

집으로 돌아가니 파스칼의 메일이 와 있다.

동생은 목요일에 베른을 가지 않기로 결정했다.

동생은 그날 아이들 곁에 있으면서 할아버지의 죽음에 대해 알려주고 아이들의 질문에 대답해주고 싶다.

언니 혼자 장례에 관련된 일체의 절차를 처리하게 해서 미안해. 하지만 나를 이해해주면 좋겠어.

온몸에서 힘이 빠지는 것 같다. 내 머리가 앞으로 숙여지다 책상 위로 떨어진다. 나는 플라스틱 냄새가 나는 컴퓨터의 하얀 테두리에 코를 댄 채 한동안 움직이지 못한다.

비가 오지만, 지붕 덮개가 테라스를 완벽하게 보호하고 있다. 이미 루브르박물관 위쪽으로는 파란 하늘 자락이 보인다.

티에리가 우리 테이블 주위를 돌면서 메뉴판을 내민다. 아버지는 메뉴판이 필요 없다. 몇 달 전부터 먹고 싶은 것이 있다. 아보카도-자몽-무스 샐러드, 가자미, 물론 **감자튀김도**. 세르주는 가자미, 게살 샐러드. 나는 올리브기름과 레몬을 곁들인 버섯 요리, 푸아그라. 하지만 나는 아무것도 삼킬 수 없다는 걸 알고 있다.

그리고 보르도산 와인으로 샤토-드-프랑스 한 병, 아버지가 **전에** 즐기던 페삭 레오냥.

티에리가 우리의 잔에 와인을 따라준다.

세르주가 잔을 든다.

"아버님을 위하여."

"내 사위를 위하여."

건배하면서 나는 아버지의 눈을 쳐다본다.

"아빠를 위하여."

"내 딸을 위하여."

반짝이는 파란 눈, 늘 엉클어져 있어서 내가 어렸을 때 잡아당기던 금빛 눈썹.

티에리가 테이블에 빵과 버터, 소시지, 래디시 몇 개를 내려놓는다.

아버지가 잔을 비운 뒤 세르주에게 잔을 채워달라고 하고, 나에게는 빵에 버터를 발라달라고 한다.

아버지는 소시지 여러 조각을 먹는다.

"천천히 드세요."

아버지가 어깨를 으쓱하고 빵을 씹어 먹는다.

불현듯 뚱뚱하던 어린 시절이 떠오른다. 나는 살아갈 날이 얼마 없다면 뚱뚱하거나 말거나 먹고 싶은 것을 실컷 먹을 수 있을 거란 생각을 했다.

지금 아버지는 먹고 싶은 걸 먹고 있다.

해가 나타난다.

강변의 혼잡한 교통에도 불구하고 비에 먼지가 씻겨서 공기가 거의 맑아진 것 같다.

내 뒤쪽에 앉은 남자 셋이 사업 얘기를 잠시 중단하고 여름 바캉스에 대해 이야기하고 있다.

세르주가 래디시를 깨물어 먹는다. 아버지는 우물우물 먹으면서 테이블에 요리를 새로 내려놓을 때마다 접시를 뚫어져라 쳐다본다.

정상적인 점심 식사, 6월의 어느 날 테라스에서.

나는 갑자기 일어난다.

"금방 올게요."

가방을 들고 화장실로 달려간다.

화장실 문을 잠그기가 무섭게 울음이 터진다. 나는 울음소리를 숨기기 위해 물을 내리고 운다. 한 번도 이렇게 울어본 적이 없다. 외톨이로 지내던 어린 시절의 내 침대에서도, 심지어 오르막길 위에 있는 그의 집, 그 비좁은 대기실에서도.

갑자기 온몸의 긴장이 풀린다. 호흡을 가다듬는다. 더는 눈물이 흐르지 않는다.

눈물이 그쳤다.

파운데이션, 립스틱, 아이펜슬, 빗질, 나는 화장실을 나간다.

버섯 요리가 나를 기다리고 있다.

아버지는 이미 샐러드를 끝냈다.

"내가 원하던 바로 그 맛이야."

나는 접시를 밀어낸다.

내가 아버지의 가자미를 먹기 좋게 자르는 사이 아버지는 손가락으로 감자튀김을 집어 먹는다.

아버지는 세르주에게 시네마테크에 대해 몇 가지를 묻는다.

부뉴엘의 영화 회고전이 내일부터 시작된다.

"아이들이 거지를 때리는 영화……. 그걸 다시 보고 싶어."

"「잊혀진 사람들*」?"

"아, 그래!"

세르주는 스탠리 큐브릭** 전시회를 열 계획이라고 말한다.

아버지의 얼굴이 환해진다.

"I'm singin' in the rain!(나는 지금 빗속에서 노래를 불러!)***
빵! 빵!"

「시계태엽 오렌지****」에 등장하는 알렉스 역의 말콤 맥도웰

---

* 「Los Olvidados」, 1950년 제작된 에스파냐의 감독 루이스 부뉴엘(Luis Buñuel, 1900~1983)의 영화. 도시 빈민가에 사는 아이들의 원초적이고 비참한 모습을 담은 이 작품은 세계기록유산에 등재되어 있다.

** 스탠리 큐브릭(Stanley Kubrick, 1928~1999). 시나리오 작가이자 미국의 대표적인 SF 영화감독.

*** 무성영화에서 유성영화로 변하는 할리우드 영화계의 혼란을 경쾌하게 풍자한 뮤지컬 영화 「사랑은 비를 타고(Singin' In The Rain)」의 테마곡 가사.

**** 「A Clockwork Orange」, 스탠리 큐브릭 감독의 대표작 중 하나. 잔인한 폭력 묘사와 강간 장면으로 오랫동안 영국에서 상영 금지를 당한 영화이다. 영화 속 주인공 알렉스는 범죄를 저지르면서 진 켈리의 「Singin' In The Rain」을 부른다.

이 남자를 꼼짝 못하게 하고는 진 켈리의 노래를 부르면서 남자의 아내를 강간하는 장면을 떠올릴 때마다 아버지는 웃음이 터졌다.

아버지가 빈 접시를 가리킨다.

"튀김을 더 먹고 싶은데."

나이 든 커플이 우리 테이블에 다가온다.

"앙드레……. 안녕하세요? 올여름에는 베이루트에서 보겠죠?"

"아니, 올해는 안 갑니다."

"아, 아쉽네요……. 그래도 어디선가 또 만나게 되겠죠."

아버지는 멀어져가는 커플을 쳐다보다 한숨을 내쉰다.

"저 늙은이들이 누군지 기억이 안 나."

이번에는 소나기와 함께 우박이 후드득 쏟아지면서 보도에 맞고 우리에게 튄다.

세르주는 우리가 비를 피할 수 있게 테이블을 끌어당긴다. 그리고 아버지와 포옹하면서 내일 봐요, 하고 인사하고 직장으로 돌아간다.

"두려우세요?"

"뭐가?"

"죽는 거."

아버지는 고개를 흔든다. 절망적으로 위축된 것이 아니라 에너지가 넘치고 박력 있는 움직임이다.

"전혀."

아버지는 붉은색 튀김 접시에 생크림과 설탕을 추가한다.

나는 과즙이 가득하고 털처럼 조그만 씨가 총총히 박힌 반들반들한 딸기 한 개를 입에 넣는다. 아버지의 코.

아버지의 얼굴을 쳐다본다.

목이 멘다.

이틀 후면 더는 아무것도 보지 못한다.

아버지가 생각을 바꾸지 않는 한.

검은색 메르세데스 벤츠 한 대가 보도를 따라 멈춰 선다. 기사가 내려 뒷문을 열어주려고 한다. 차에서 내리는 사람이 데이비드 라샤펠이라면? 라샤펠의 사진 전시회는 불과 며칠 전에 끝났다. 오늘 아침에야 포스터들을 떼어냈고, 라모네 호텔이 그리 멀지 않으니까 이 레스토랑으로 점심을 먹으러 오는 것이다. 나는 라샤펠이라고 확신한다. 나는 벌떡 일어나서 그의 팔을 잡고 우리 테이블로 데려와서…….

아니다. 자동차에서 내린 여자가 얼굴을 찌푸리며 레스토랑 안으로 사라진다.

아아아아함, 아버지가 하품을 한다.

눈을 감는다. 아버지는 피곤하다.

나는 콜택시 회사에 전화를 건다.

거동이 불편한 사람을 위한 택시이기 때문에 20분쯤 기다려야 한다.

아버지의 눈이 감긴다.

아버지가 대부를 서준 니콜라—나의 소꿉친구—가 병실에서 기다리고 있다. 니콜라는 한 달 동안 거의 매일 면회를 왔다.

손님들이 찾아오면 나는 병실에 있지 않을 것이다.

니콜라가 다녀간 뒤에 또 다른 손님들이 올 것이다. 나는 병실을 나온다.

나는 내일 올 것이다.

수요일.

버스를 타고 있을 때 스위스 부인에게서 전화가 온다. 나중에는 연락할 수 없을 것이다. 부인과는 내일까지 연락이 되지 않을 것이다.

버스가 만원이라 나는 가능한 한 나직하게 말하면서 전화기에 입을 붙인다. 나 혼자 갈 거라고 알린다. 스위스 부인이 내 말을 못 들어서 나는 여러 번 반복한다. 부인은 내가 앰뷸런스처럼 마당을 통해서 들어오지 말고 거리 쪽으로 난 대문으로 들어와야 한다고 알려준다. 나는 인터폰 번호 18번을 눌러야 한다.

나는 비용을 계좌 이체하거나 현금으로 지불할 수 있다. 의사에 대한 사례금, 물품 구입비, 잡다한 경비가 1500스위스프랑쯤 드는데 아직 정확하지는 않다. 목요일이 되어야 정확한 금액을 알 수 있다.

부인은 문제가 생길 경우를 대비해 자신의 휴대폰 번호를 알려준다.

그날 봐요, 마담 베르네임.

목요일 리옹 역에서 10시 24분 출발, 바젤 역에서 갈아타고 14시 27분 베른에 도착하는 기차.

완벽하다.

나는 벨뷰 호텔에 하룻밤을 위한 더블 룸을 예약한다. 내 친구 카트린 클랭이 마중을 나오겠다고 했다.

파스칼에게서 전화가 온다.

동생은 관에 유리창을 만들어달라고 베른의 장례 회사에 요구했다. 땅속에 묻히기 전 마지막으로 밖을 볼 수 있도록, 아버지의 얼굴 높이에.

8시 반, 나는 침대에 누워 있다.

세르주는 서재나 거실에 있을 것이다. 우리가 함께 산 뒤 처음으로 나는 세르주가 필요하지도 그의 옆에 있고 싶지도 않다.

모두가 나를 조용히 내버려두길 바랄 뿐이다.

나는 텔레비전을 켠다. 리모컨을 꽉 쥐고 버튼을 누른다.

유선 방송 시네 시네마, 스릴러.

「**쏘우***」.

영화가 시작된다. 어느 캄캄한 지하실, 쇠사슬에 발목이 묶인

---

* 「Saw」, 리 워넬과 케리 엘위스가 주연한 제임스 완 감독의 공포 영화.

두 남자, 그 둘 사이에 피투성이 시체.

완벽.

나는 베개 몇 개를 등에 받치고, 턱 밑까지 이불을 끌어올린다.

편안하다.

"어제저녁에 뭐 했어?"

"다른 생각을 하려고 나가서 「**안티크라이스트***」를 봤어. 언니는?"

"난 「**쏘우**」 봤어. 다른 생각을 하려고……."

「**쏘우**」의 주인공들 중 한 명이 스스로 자신의 발을 절단하는 톱. 샤를로트 갱스부르가 윌렘 대포의 발목에 나사못을 박는 맷돌.

동생과 나는 동시에 웃음이 터진다.

우리는 어렸을 때처럼 깔깔대고 웃는다.

---

* 「Antichrist」, 라스 폰 트리에 감독의 공포 영화. 샤를로트 갱스부르는 이 영화로 칸 영화제 여우주연상을 받았다.

비가 억수같이 쏟아진다. 나는 레인코트의 지퍼를 올리고 을
씨년스러운 비탈을 올라간다.

나는 오늘 빨리 걷는다.

모퉁이 약국의 유리창에 비친 나를 보지 않는다. 마당의 장
미나무에도 눈길을 주지 않는다.

대기실에 앉지 않는다. 레인코트를 손에 든 채 서 있다. 나는
준비가 되어 있다.

들어가서 목 놓아 소리 지를 준비가 되어 있다.

내 아버지가 죽는다고, 끝이 난다고.

마리옹이 아버지와 오랫동안 시간을 보냈다. 그녀는 마지막
으로 아버지의 결심을 확인하고 싶었다. 두 사람은 많은 얘기를
나누었다. 그녀는 말리고 또 말렸지만 소용없었다.

그녀의 아름답고 단호한 목소리가 힘을 잃는다. **앙드레**……
흑흑.

6시 반, 나는 클리닉의 홀에서 세르주를 만난다. 우리는 눈이
빨개진 니콜라와 마주친다. 니콜라는 나를 끌어안는다. 그가 떠

나기 전 나는 아버지가 혼자 있느냐고 묻는다.

아니, G. M.이 아버지와 함께 있다.

이번에는 파스칼이 도착한다. 동생은 가방을 열어 납작한 위스키 병을 보여준다. 앰뷸런스를 기다리는 동안 마음을 굳게 먹기 위한 것이다.

드디어 G. M.이 나온다. 그는 우리에게 인사하면서 아버지의 소식을 내일 전화로 알려달라고 부탁한다. G. M.의 감정이 격해 있어서 나는 그렇게 하겠다고 약속한다. 파스칼이 나를 째려본다.

아버지는 피곤하지만 기분이 좋다.

아버지가 찾아온 친구들의 이름을 열거한다.

"나를 진심으로 걱정해주는 사람이 많다는 걸 깨달았다."

"그리고 그분들 모두 아버지가 생각을 바꾸길 바라고 있어요."

아버지는 힘이 넘치게, 거의 경쾌하게 고개를 흔든다.

"G. M.은 나랑 같이 앰뷸런스를 타고 가겠다고 했지만 내가 거절했어. **울보는 질색이야.**"

파스칼이 위스키 병을 꺼내고 종이컵에 술을 따라주려고 했다. 세르주는 원치 않는다. 아버지도 오래전부터 술을 마시지 않았다. 그리고 술을 마셨다가 출발하기 전에 탈이 날까 봐 걱정한다.

나는 르볼테르에서도, 그 뒤로도 거의 아무것도 먹지 않았다. 빈속에 마시는 위스키, 목이 타는 것 같다. 하지만 맛있다.

우리는 아버지가 48시간 동안 병실을 나가 있을 거라서 짐을 싸야 한다고 클리닉에 말해놓았다. 내가 여행 가방에 깨끗한 속옷들, 스웨터, 셔츠 두 장, 기저귀 한 묶음을 집어넣는 사이 파스칼은 화장도구 상자를 챙긴다.

우리는 야간 간호조무사가 오면 약을 넣는 캡슐 용기를 달라고 부탁할 것이다.

모든 준비가 끝났다.

파스칼은 우리의 종이컵에 위스키를 다시 채운다.

나는 약간 어지럽다.

우리는 한 사람씩 아버지와 잠시 시간을 보내기로 했다. 동생 차례가 되면 나는 아몬드와 피스타치오를 사러 나갈 것이다.

세르주가 몸을 숙여 아버지와 포옹한다. 아버지는 왼손으로 세르주의 팔을 잡는다.

"안녕, 내 사위."

세르주가 나간다.

노크 소리.

나는 문을 연다.

간호사와 클리닉의 부원장이 들어온다.

두 사람은 동생과 나에게 할 말이 있다며 밖으로 나와달라고
말한다.

병실 문을 닫고 층계참으로 따라가자 두 사람이 방금 관할
경찰서에서 걸려온 전화를 받았다고 말한다.

오늘 밤 10시 반에 우리 아버지가 앰뷸런스를 타고 스위스로
떠날 거라는 신고가 접수되었다. **끔찍한 일을 저지르기 위해.**

"끔찍한 일이요? 그게 무슨 뜻이죠?"

"경찰은 안락사를 위한 것으로 이해하고 있어요."

빌어먹을 미국 사촌 모녀.

"그 계획을 알고 있어요?"

"아버지가 개인적인 일을 해결하러 내일 지방에 가시는 걸로
알고 있어요. 아버지는 여기 갇혀 있는 분이 아닌데 원할 때는
언제든 나갈 권리가 있는 거 아닌가요?"

"네, 그렇죠. 우리는 막을 수 없지만 경찰은 아니에요. 경찰이
와서 앰뷸런스를 저지할 수도 있습니다."

"경찰에 연락한 사람이 누군데요?"

"그건 말해주지 않았어요. 우리가 아버님에게 몇 가지 물어볼게요. 두 분은 여기서 기다리세요."

"이 기회에 다 그만두는 게 어때? 아빠는 우리를 원망하지 못할 거야. 실패로 끝나는 게 우리 잘못이 아니니까."

"어쨌든 앰뷸런스를 취소해야 해. 여기로 오면 안 돼."

하지만 우리의 가방과 휴대폰이 병실에 있다.

나는 얼어붙는다. 위스키 한 잔이 더 필요하다.

간호사와 부원장이 나온다.

"들어가셔도 돼요."

그들이 멀어져간다.

아버지가 몹시 흥분해 있다.

"무슨 일이니? 저들이 왜 나한테 많은 걸 물어보는 거야?"

"누군가가 우리를 경찰에 고발했어요."

"대체 누가 그런 짓을 했어?"

"아버지가 계획을 얘기한 사람이겠죠. 형사들이 막으려고 하는데 아빠가 떠날 수 있을지 모르겠어요."

아버지가 눈물을 흘린다.

"끔찍해!"

나는 위스키를 다 마신다. 어찌나 꽉 쥐었는지 종이컵이 우그러진다.

"10시 반까지 기다리지 말고 지금 여길 나가야 해. 콜택시를 불러서 네 집이나 내 집으로 간 다음 앰뷸런스는 나중에 오라고 부탁하자."

나는 즉시 콜택시 회사에 전화를 걸었고, 잠깐 기다리라고 답한다.

파스칼이 아버지에게 파란색 모직 재킷을 입힌다. 신분증, 가족수첩 등 서류를 챙겨서 가방에 넣는다.

마침내 안내 전화의 대기 음악이 멈춘다.

택시가 20분 후 도착 예정입니다.

"끔찍해."

"진정해요, 아빠. 잘될 거예요. 저녁 먹으러 아빠를 모시고 밖으로 나가는 걸 아무도 막을 수 없어요."

파스칼이 앰뷸런스 기사들에게 전화해서 클리닉으로 오면 안 된다고 말한다. 나중에 장소를 다시 알려주겠다면서.

동생이 아버지에게 계획을 변경한다고 설명한다.

아버지가 진정된다.

우리는 위스키를 조금 따라 마신다.

훨씬 나아진다.

동생의 휴대폰이 울린다.

동생이 이내 대답한다. **네, 맞습니다.**

동생이 눈살을 찌푸린다. **아니, 아니에요. 우리는 아버지를 모시고 밖에서 저녁 먹을 건데요. 아버지에게는 그럴 권리가 있지 않습니까?**

동생이 쓸 것을 달라는 손짓을 한다. 볼펜과 『르몽드』 신문. 동생이 뭐라고 쓴다. ……**아니 그러실 필요 없어요. 내가 직접 알릴게요.**

동생이 전화를 끊는다.

"우리 둘 다 8시까지 경찰서에 출두하래. 휴……. 아빠를 어떡하지?"

"아빠를 택시에 태워서 내 집으로 보내고 세르주에게 모시고 있으라고 해야지. 빨리 전화해야겠다."

"나 지금 부뉴엘 회고전 개막 때문에 시네마테크로 가는 중이야."

"미안해, 달리 방법이 없어. 파스칼의 집에는 아무도 없고. 시네마테크 일은 정말 미안한데 당신밖에 도와줄 사람이 없어. 집 앞에서 택시를 기다리다 요금을 주고 아버지를 집으로 모셔줘. 우리가 가능한 한 빨리 갈게."

야간 간호조무사는 복도 끝에 있을 것이다. 나는 엘리베이터 버튼을 누른다.

파스칼이 아버지의 휠체어를 밀고 온다.

7시가 넘은 시각이라 홀에는 사람이 없다.

나는 나가는 번호를 누른다. 이번에는 기억이 난다.

택시가 와 있다.

우리는 아버지를 택시에 태운다. 걱정 마요. 다 잘될 거예요.

나는 택시 기사에게 집 주소를 준다.

택시가 출발한다.

비가 온다. 어둑어둑한 거리. 나는 동생의 어깨에 팔을 두른다. 우리는 바짝 붙어 서서 빨간 차가 있는 곳으로 걸어간다.

파스칼은 경찰서에서 좀 떨어진 곳에 주차할 자리를 발견했다. 우리는 휴대폰에서 스위스 부인의 전화번호를 지우고, 수첩에서 스위스와 관련된 내용이 적힌 페이지를 찢는다. 종이를 갈기갈기 찢으면서 나는 내 오랜 친구 한 명을 생각한다. 경찰의 가택수색에 놀란 친구는 가장 위험한 서류를 씹어서 꿀떡 삼켰다.

파스칼이 내 쪽으로 고개를 돌린다.

"들어갈까?"

휴. 동생한테서 술 냄새가 난다. 나한테서도 술 냄새가 날 게 틀림없다. 나는 가방을 흔들어본다. 작은 구슬 구르는 소리가 들린다.

째깍 째깍.

나는 가방을 뒤져서 파란 통을 찾는다. 거의 가득 차 있다.

"자."

동생에게 절반을 주고, 나머지를 내 입에 넣는다.

우리는 빠르게 깨문다.

오도독. 오도독. 소리가 차 안에 울린다.

박하 향이 진해서 우리 눈에 눈물이 고인다.

나는 웃고 싶다. 파스칼도 그런 것 같다.

하지만 웃을 때가 아니다.

경찰서에 이르는 넓은 층계.

계단 위에 머리를 짧게 깎은 가죽점퍼 차림의 남자가 있다.

"무슨 일로 오셨습니까?"

"페테르센 반장님을 만나러 왔는데요."

남자가 우리를 뚫어져라 쳐다본다.

"아, 그 자매? 따라오세요."

우리는 남자를 따라간다. 층계, 또 다른 층계, 어두컴컴한 복
도. 경찰서는 비어 있다. 여기서는 무슨 일이든 일어날 수 있다.

다리가 무겁다. 술을 너무 많이 마신 것 같다. 다행히 남자는
빨리 걷지 않는다. 나는 남자 뒤를 따라가면서 점퍼 아래, 청바
지에 붙은 가죽 라벨을 본다.

L 36 W 32.

세르주와 같은 사이즈.

바보 같지만, 마음이 놓인다.

마침내 환한 방. 짧은 머리의 남자가 우리를 들어가게 한다.

"페테르센 반장님……"

금발의 키가 큰 여자. 골반바지에 긴 목이 드러나는 베이지
색 브이넥 스웨터 차림, 얇은 스웨터 안의 왼쪽 가슴 부위에 불

룩한 권총.

여자는 책상 가장자리에 엉덩이를 기댄 채 발을 꼬고 있다.

미국 경찰 드라마의 여주인공 같은 모습.

타이틀뮤직의 리듬—**「뉴욕 특수 수사대」**—이 내 관자놀이
를 두드린다.

팜 팜 파 파 파 팜.

잠시 나는 어디에 와 있는지 모른다.

"어서 오세요."

우리와 관련된 일이 맞나?

여자는 우리와 악수를 한다. 여자의 손목 힘에 정신이 번쩍
든다.

이제 생각이 난다. 나는 경찰서에 와 있다.

"먼저 말씀드리는데 이 일을 수사하는 것이 나로서는 몹시
난감합니다. 차라리 강도나 테러 사건을 해결하는 것이 천배는
나을 거예요. 그게 훨씬 단순하니까요. 두 분은 여기 **참고인**으
로 왔다는 것을, 다시 말해 피고인으로 온 게 아니라는 걸—적
어도 아직까지는—분명히 해두죠. 따라서 원하시면 언제든 가
셔도 됩니다. 하지만 우리의 질문에 성실하게 답변하는 것이 유
리하다는 걸 아셔야 합니다. 고발이 접수된 이상 진술하신 내용

은 곧장 검사에게 보고해야 하고…….”

관할 검사, 나는 정신이 혼미해진다.

팜 팜.

“변호사를 부를 권리가 있습니까?”

“네, 원하는 분을 부를 권리가 있습니다. 다시 말하는데 오늘 저녁 두 분은 **참고인** 신분일 뿐입니다.”

나는 심호흡을 한다.

“우리를 고발한 사람이 누군지 알 수 있을까요?”

“형법 223조 6항에 따라 구조의무 위반죄를 저지르면 벌금 7만 5000유로와 징역 5년 형을 선고받습니다.”

“하지만 우리 아버지의 경우 정말 위험한 것은 굶어 죽거나 왼손으로 정맥을 끊으려고 스스로 손목을 긋는 겁니다.”

페테르센 반장의 기다란 몸이 오그라드는 것 같다.

“나도 작년에 끔찍한 암으로 오빠를 잃었지요. 오빠의 고통을 줄여줄 수 있었다면 나도 그렇게 했을 겁니다. 나도 두 분처럼 했을 거예요. 바로 그래서 이 일이 난감해요…….”

나는 손목시계를 힐끔 본다. 20시 15분. 조르주 변호사에게 연락하려면 지금이다. 저녁 먹으러 나가기 전에.

조르주는 즉시 받는다. 나는 우리가 어디에 와 있는지 설명한다.

"고발? 어이없군! 거기 반장을 바꿔줘요."

나는 휴대폰을 페테르센 반장에게 내민다.

"안녕하세요, 네……. 아니, 아직은 아닙니다……. 두 분을 떼어놓고 동시에 각각 진술을 받아서……."

페테르센은 왔다 갔다 걸으면서 통화하고 있다. 그녀의 부츠가 리놀륨 바닥에 달라붙는 소리를 낸다.

"잘 알지만 검사가……. 나도 내키지 않습니다……. 알아요, 네, 알아요……. 네, 바꿔줄게요."

그녀는 고개를 끄덕이면서 내게 휴대폰을 돌려준다.

"엠마뉘엘? 사실대로 말해요, 그래야 잘될 거예요. 중요한 건 둘이 하는 말이 다르면 안 된다는 거예요. 어떻게 됐는지 전화해줘요."

페테르센 반장은 미안한 몸짓으로 두 팔을 벌린다.

"한 분은 나와 함께 여기 남고, 또 한 분은 내 동료를 따라 나가세요. 그리고 나중에 다시 만납시다."

파스칼을 페테르센 반장과 있게 하고 나는 이름을 모르는 짧은 머리의 형사를 따라 나간다.

내 휴대폰이 울린다. 세르주.

좋지가 않다. 아버지의 휠체어가 엘리베이터에 들어가지 않는다.

"카페로 모셔."

형사가 네온 불빛이 환한 작은 사무실로 들어간다.

하나뿐인 창문이 닫혀 있다. 지저분한 유리창 너머는 철망이 씌워져 있다.

형사가 의자를 가리킨다.

"앉으세요."

형사가 컴퓨터를 켰다. 나는 화면을 볼 수 없다.

"반장님과 통신망이 연결되어 있어서 우리는 두 분의 답변을 비교할 수 있습니다."

먼저 내 호적.

형사는 집게손가락 두 개로 빠르게 키보드를 치고 있다. 나는 여기서 절대 나가지 못할 것이다.

위스키의 효과가 사라진다. 나는 식은땀이 나고 춥다.

형사가 아버지의 병과 상태에 대해 묻는다.

나는 모두 다 이야기한다.

형사가 화면을 볼 때마다 손가락 두 개가 키보드 위에서 정지된다.

형사가 어름어름 질문하는 것으로 보아 페테르센 반장이 동생에게 방금 한 질문을 읽고 있는 것이다.

내 가방 안에서 진동이 울린다.

"휴대폰을 봐도 될까요?"

"네, 그러세요."

세르주의 문자메시지. **모퉁이 카페에 있어. 얼마나 걸릴지 알려줘.**

나는 답한다. **예상보다 조금 더 길어지겠어.**

아버지가 왜 당신에게 도와달라고 했습니까?

아버지와 사이는 어땠습니까?

끝내겠다는 의지가 아버지의 생각입니까?

아버지가 언제 처음으로 그 말을 했습니까?

예전에도 그런 말을 한 적이 있습니까?

아버지가 제3자에게도 알렸습니까?

그들이 누구입니까?

네온 불빛이 가물거리고 나는 머리가 아프다.

영화에서처럼 일부러 나를 교란하려는 건가?

도와주지 않겠다고 거절할 수도 있었는데 왜 그러지 않았습니까?

아버지를 단념시키려고 노력해봤습니까?

스위스 단체와 어떻게 연결되었습니까?

세르주의 문자메시지, 눈이 건조하고 따가워서 간신히 읽는다. **어떻게 해야 할지 모르겠어. 카페는 문을 닫는다고 하고 비가 와서 아버님이 추워하셔.**

나는 메시지를 보낸다. **아버지를 아파트 건물 안으로 모셔다 놓고 집에 올라가서 덮어드릴 걸 가져와.**

나는 공기가 필요하다. 방에서 곰팡내가 난다. 하지만 창문을 열어달라고 말할 용기가 나지 않는다.

아버지가 돌아가시면 재산을 누가 물려받습니까?

부모님이 결혼하신 때가 언제입니까?

부부재산계약서는 어디에 있습니까?

이 일에서 어머니의 역할은 뭡니까?

어머니는 어떤 병을 앓고 계십니까?

아버지가 글씨를 쓸 수 없다고 했는데 아버지의 결정이라는 증거가 있습니까?

그 동영상은 어디 있습니까?

동영상을 누가 공증인에게 넘겼습니까?

지잉…… 지잉……. **연락은 없고! 위태로운 상황이 되고 있는데…….**

아버지는 몇 시에 떠날 겁니까?

현재 어디 계십니까?

지금 메시지를 보내는 사람과 같이 계십니까?

그 사람은 누구입니까?

형사는 의자를 뒤로 빼고 머리에 손을 가져갔다가 기지개를 켠다.

형사가 프린터 버튼을 누른다.

"뭐 드실래요? 커피, 물?"

"물 주세요."

형사가 일어나서 큰 물병을 집어 들고 잔이 깨끗한지 불빛에 비춰본다.

"드세요."

나는 물을 마신다. 목구멍이 말라붙었다.

형사는 물을 더 따라준 다음 물병을 입에 대고 마신다.

복도에서 나는 발소리, 사무실 문이 열리고 파스칼과 페테르센 반장이 들어온다.

"내가 당직 검사와 통화하는 동안 세 사람은 여기서 기다려요…… 오래 걸리지 않을 겁니다."

형사가 프린터에서 나온 서류 한 뭉치를 건네자 반장이 받아들고 사라진다.

파스칼이 내 옆에 앉는다.

"괜찮아?"

"응, 너는?"

"괜찮아."

형사가 창문을 조금 연다.

드디어 신선한 공기. 나는 심호흡을 한다.

"우리를 고발한 사람이 누군지 알 수 있을까요?"

형사는 고개를 설레설레 젓는다.

"불행히도 나는 그걸 말해줄 권리가 없습니다. 하지만 추측하기 어렵지 않은 사람일 텐데요."

나는 파스칼을 쳐다본다.

"친척 중 누군가―아버지의 사촌―가 우리를 **고발했을** 것 같지는 않아. 그러겠다고 큰소리는 쳤지만."

"그럼 클리닉에서 고발해놓고 감추는 거겠지."

페테르센 반장이 돌아온다. 미인이다.

"검사에게 얘기했어요. 됐으니까 이제 가셔도 돼요."

짧은 머리의 형사가 우리에게 처음으로 미소를 짓는다. 이제야 젊은 남자라는 것이 눈에 보인다.

"그럼 내 변호사와 논의하는 동안 아버지의 출발을 일단 미룰게요."

페테르센 반장이 고개를 젓는다.

반장과 형사가 자기들끼리 잠시 이야기를 나눈다. 이윽고 반장이 우리를 데리고 복도로 나간다.

"층계 앞까지 배웅해드릴게요."

층계 앞에 이르자 반장이 미소를 지어 보인다. 반짝이는 눈에 눈물을 맺혀 있는 것 같다.

"포옹해도 될까요?"

그녀가 우리를 포옹한다.

그리고 또다시 우리에게 미소를 지어 보인다.

"마음이 시키는 대로 하세요."

파스칼이 담배를 피운다. 나는 그 연기를 들이마신다. 우리는 말없이 걷는다. 나는 뒤돌아본다. 경찰서의 시커먼 정면에 불 켜진 창문 두 개가 반짝이는 눈처럼 우리를 쳐다본다. 창문 중 하나의 네온 불빛이 윙크하는 것처럼 빠르게 깜박인다.

마음이 시키는 대로 하세요.

밤늦은 시간이라 차가 잘 빠진다. 파스칼이 운전하는 동안 나는 앰뷸런스 기사들에게 전화를 걸어 내 주소를 알려준다. 앰뷸런스는 30분 후 아파트 앞에 도착할 것이다.

나는 세르주에게 우리가 곧 도착한다고—**많이 늦었지만**—알린다. 그리고 조르주의 응답기에 메시지를 남긴다. 가능한 한 빨리 전화해달라고.

11시 반이다.

아버지의 휠체어가 엘리베이터 앞에 있고 방석이 바닥에 떨어져 있다.

파스칼이 방석을 집어서 텅 빈 휠체어 좌석에 올려놓는다.

아버지는 현관문을 마주 보는 의자에 앉아 있다. 아버지가 우리를 보면서 흠칫 놀란다.

"너희 어디 갔다 오는 거니?"

"경찰서에서 조사받고 오는 길이에요."

"그래서 어떻게 됐는데?"

"아빠 여전히 떠나고 싶으세요?"

"이런 일이 생기니까 전보다 훨씬 더."

세르주가 나를 안아준다.

나는 조사받은 내용을 요약해준다.

나는 이렇게 창백해진 세르주의 얼굴을 본 적이 없다.

"당신 너무 힘들었지?"

공황 상태에서 머리를 흔들며 **다 틀렸어, 다 틀렸어**, 연신 한탄하는 아버지, 아버지를 안고 간신히 엘리베이터에 올랐던 것, 아버지를 안은 채 어렵사리 자물쇠에 열쇠를 꽂았던 것, 문을 열자마자 둘이 현관 바닥에 자빠진 것, 축 늘어진 아버지를 질질 끌어다 놓은 것, 녹초가 된 세르주는 목소리가 거의 나오지 않는다.

"좀 쉬어."

세르주가 침대에 쓰러진다.

세르주가 기절했다고 생각하는데, 몇 초 후 세르주는 코까지 골면서 곯아떨어진다.

나는 조용히 문을 닫는다.

조르주가 여전히 연락이 없어서 나는 다시 메시지를 남긴다.

아버지가 눈을 부릅뜨고 있다.

"아빠가 출발해도 조르주 키에즈망이 우리에게 너무 위험한 일이라고 판단하면, 우리는 앰뷸런스 기사에게 연락할 거고 아빠는 다시 돌아오셔야 할 거예요."

아버지가 머리를 세게 흔든다.

"싫어! 서둘러. 난 안 돌아와, 어림없다!"

딩동, 인터폰. 앰뷸런스가 도착한 것이다.

아버지는 안도의 숨을 내쉰다.

"드디어."

앰뷸런스 기사들을 알아보는 즉시 아버지 얼굴이 밝아진다.

"자네들이길 바랐는데!"

검진 때문에 브로카 병원으로, 최근에는 코생 병원 응급실로 이미 여러 번 아버지를 실어 나른 기사들이었다.

아버지가 허리를 쭉 펴니까 서 있는 것처럼 커 보인다.

나는 일어나서 걸어가는 아버지를 보게 되리라 기대한다.

파스칼이 신분증과 가족수첩을 앰뷸런스 기사들에게 맡긴다. 기사들은 국경을 통과할 때 신분증이 필요할 것이고, 베른에 도착하면 대기하고 있는 사람에게 그것들을 전달할 것이다.

기사들은 아파트를 찾는 데 문제가 없을 것이다. 꼼꼼한 내 동생이 이미 메일로 상세한 지도를 보내주었다. 그리고 그들에게는 GPS가 있다.

그들은 돌아와서 계산서를 작성할 것이다.

이제 됐다.

"우리 아버지 잘 부탁할게요. 조심해주시고요……. 문제가 생기면 연락 주세요. 우리를 어디서 만나는지 아시죠?"

"잘될 테니 걱정 마세요."

아버지가 독촉한다.

"다 됐으면 이제 가지?"

두 남자가 아버지를 들어 올릴 자세를 취한다.

"잠깐! 아주 중요한 걸 잊었어! 뉘엘! 수면제를 못 받고 클리닉을 나왔어. 어떻게 잠을 자지?"

나한테 스틸녹스가 있다.

아버지는 지금 원한다. 나는 물을 가져온다.

아버지가 약을 입안에 넣고 물을 몇 모금 마신 뒤 나에게 잔을 내민다.

아버지는 미소를 짓는다.

"이제 준비 끝."

아버지의 뺨에 혈색이 돌고 얼굴은 동그랗다.

아기들은 다 앙드레를 닮았어.

그들이 엘리베이터 안으로 들어간다.

우리는 따라 나간다.

나는 아버지가 춥지 않게, 수납장에서 따뜻하고 부드러운 파란색 모직 머플러를 꺼냈다.

됐다.

아버지는 앰뷸런스 안에 누워 있다.

"아주 좋아."

아버지가 행복해 보인다.

파스칼이 입맞춤을 하려고 앰뷸런스 안으로 달려 들어간다.

그리 오래 걸리지 않는다.

동생이 나온다. 나는 동생을 쳐다볼 엄두가 나지 않는다.

내 차례.

나는 아버지의 목에 머플러를 둘러준다. 파란색이 아버지에게 잘 어울린다. 미남이다.

"아빠……."

"그래…… 그래…… 잘 있어……."

아버지의 작은 입, 코, 그리고 마지막으로 반짝이는 눈을 본다.

나는 아버지를 포옹한다.

아버지가 나를 부드럽게 밀어낸다.

울보는 싫어.

나는 앰뷸런스에서 나온다.

우리 둘은 앰뷸런스의 열린 문 앞에 붙박인 듯 서 있다.

기사가 문을 닫으러 다가온다.

아버지가 우리를 다시 부른다.

"아…… 마지막으로 한 가지……."

나는 동생과 눈짓을 교환한다. 아버지는 고마웠다고 하면서 우리를 사랑한다고 말할 것이다.

아버지는 다정하게 **내 딸들**이라고 말할 것이다. **사랑하는 내 딸들.**

우리는 동시에 앰뷸런스로 들어가서 아버지를 향해 목을 길게 뺀다. 이미 가슴이 무너진 우리는 숨을 죽인다.

"아무튼…… 나는……."

아버지는 말이 얼른 생각나지 않아 머뭇거린다. 나는 눈을 감는다. 그리고 기다린다.

"……그런 미친 짓을 한 사람이 누군지 너희가 꼭 알아내기를 바란다."

"네, 아빠."

우리는 다시 내린다.

앰뷸런스 기사가 문을 닫고 손잡이를 채우고 나서 우리와 악수를 한 다음 앞으로 가서 올라탄다.

앰뷸런스의 하얀 뒷부분이 멀어져가다 텅 빈 거리 끝으로 사라진다.

아버지가 떠난다.

우리는 엘리베이터에 들어간다. 동생이 좁은 공간 안에, 내 바로 옆에 있다. 우리의 팔이 닿아 있다. 갑자기 동생을 안고 싶다. 나는 동생을 끌어당긴다. 동생이 내 허리에 팔을 두른다. 동생의 머리에서 나는 향기, 나는 동생의 머리에 얼굴을 묻고 싶다.

우리는 그렇게 꼭 끌어안고 있다. 우리는 이제 아무것도 두렵지 않다.

엘리베이터가 멈추는 순간 아파트 안에서 내 휴대폰 벨 소리가 울린다.

틀림없이 조르주일 것이다. 금속 문이 열리고 나는 전화를 받으러 뛰어 들어간다.

조르주가 맞다. 나는 빠르게 조사받은 내용을 설명하고 반장이 당직 검사와 통화했다고 말한다. 하지만 반장이 **마음이 시키는 대로 하라**고 한 말에 대해서는 함구한다.

그리고 아버지가 방금 출발했다고 덧붙인다.

조르주는 한숨을 내쉰다.

"동생이랑 언제 갈 생각이예요, 내일?"

"나 혼자 갈 거예요. 스위스 부인이 내가 15시에는 거기 와 있어야 한다고 당부했어요. 경찰과 기타 등등 절차 문제 때문에."

"안 돼요. 반장이 통지해주지 않는 한 오늘 밤 이후로 파리를
벗어나면 안 돼요. 저쪽에서 모든 일이 해결되면 그때 떠나요.
알았죠?"

"네."

나는 조르주의 말을 파스칼에게 전한다.

동생의 배에서 꼬르륵거리는 소리가 난다.

"뭐 먹을 것 좀 없어?"

나는 냉장고를 연다. 소시지, 치즈, 버터.

바게트가 약간 굳었으니까 구워서 먹자.

와인은?

물론 있다.

한밤중에 식탁 앞에 선 우리는 구운 빵 냄새 속에서 둘이서
만 건배를 한다.

우리를 위하여.

파스칼이 집으로 돌아갔다.

세르주는 여전히 코를 곤다.

나는 침대에 눕지 않는다. 무슨 소용 있을까? 이렇게 피곤한

적이 없었다는 생각이 들 정도인데도 나는 졸리지 않다.

그러나 렉소밀을 먹지 않을 것이다. 필요 없다. 나는 불안하지 않다. 머릿속이 텅 비어 있다.

거실 소파에 길게 눕는다. 책을 읽고 싶지도 않고, 텔레비전을 보고 싶지도 않고, 아무 의욕이 없다.

다시 일어난다.

밖으로 나갈까? 창밖을 본다. 여전히 비가 내린다.

서재로 가서 기차표를 취소한다. 내일 아침에 베른으로 출발하지 않고 오후에 나 혼자 갈 거라고 알리기 위해 카트린 클랭에게 메일을 보낸다.

그리고 벨뷰 호텔에 예약한 방은 그대로 둔다.

나는 구글 지도 홈페이지를 연다.

출발지: 내 현재 위치

도착지: 베른, 스위스

앰뷸런스가 지나가는 코스를 보자.

그들은 세 시간 전에 출발했다. 따라서 천천히 달리고 있다면 지금쯤 에귀 부근의 A6 고속도로를 지나고 있을 것이다.

나는 파란색 굵은 선을 뚫어져라 쳐다본다. 마치 화면 오른쪽을 향해 달리는 앰뷸런스의 하얀 점이 눈에 보이는 것처럼.

차츰 내 눈이 감기고 졸음이 온다.

활동 중단.

나는 거실 소파로 돌아간다.

세 시간을 잤다.

나는 커피메이커를 작동시키고 다시 지도 앞으로 간다.

그들은 방금 스위스 국경을 넘었을 것이다.

곧 뇌샤텔 호수를 따라 달릴 것이다.

구글 지도에는 베른까지 연료 소모량이 50리터라고 표시되어 있다. 그들은 프랑스에서 기름을 가득 채웠을 것이다.

주유소에서 그들이 뒷문을 열어주었을 것이고, 아버지는 깨어 있다가 아침의 신선한 공기를 마셨을 것이다.

어쩌면 떠오르는 해를 봤을지도 모른다.

나는 뜨거운 물로 목욕하고 싶다.

세르주는 아직 자고 있다. 그는 밤사이 옷을 벗었다. 나는 살금살금 침실을 통과한다.

머리를 감고 비누칠을 한다. 어제의 식은땀, 더러운 빗물, 모두 씻어낸다.

나는 깨끗하다.

그럼 아버지는?

나는 욕조에서 나온다.

급하게 출발하는 바람에 우리는 앰뷸런스 기사들에게 **그걸**
말하지 못했다.

아버지가 갈아달라고 했을까?

갑자기 엉엉 울고 싶다.

내 아버지가 똥 싼 기저귀를 차고 숨을 거두는 일은 없어야
하는데.

커피 냄새에 구토가 일어난다.

나는 서재로 돌아간다.

스위스 부인에게 알려야 한다. 약속한 15시에 내가 거기 없
으리라는 것을.

스위스 부인의 휴대폰에 전화를 걸고 전혀 알아듣지 못하는
독일어 안내가 끝난 뒤에 메시지를 남긴다. 그리고 단체의 응
답기에도 메시지를 남긴다. 단체는 틀림없이 이내 전화해줄 것
이다.

나는 파스칼에게 문자메시지를 보낸다. **괜찮아?**

곧장 답이 온다. **졸리고, 몸이 무겁고, 힘이 없고, 배고프고, 목이 아파, 그거 말고는 괜찮아. 언니는?**

비슷해, 하지만 나는 배가 고프거나 목이 아프지는 않아.

뭐 좀 먹어.

먹을 수 없어. 목이 메서.

힘내, 다 괜찮아질 거야.

세르주가 일어났다. 아직도 얼굴이 아주 창백하다.

나는 어제저녁에 대해 다시 말하고 싶지 않다.

그래서 아무 말도 하지 않는다.

세르주가 버터 바른 빵을 준다. 나는 조금 먹는다.

나는 혼자 아파트에 있다.

구글 지도에 있는 대로라면 그들은 거의 도착했을 것이다.

8시 반이다.

그들은 세 시간 동안 뭘 할까?

휴대폰 울리는 소리에 나는 소스라치게 놀란다.

파스칼이다.

앰뷸런스 기사들한테서 방금 전화가 왔다.

거의 도착했고, 그들은 아버지와 함께 아침을 먹었다.

그들은 이런저런 수다를 떨고 함께 농담도 나눴다. 기분이
아주 좋은 아버지가 스위스에 뭘 하러 가는지 말하기 전까지는.

앰뷸런스 기사들은 모르고 있었다. 알았다면 그들은 아버지
를 이송하는 걸 절대로 받아들이지 않았을 것이다.

그들은 무슬림이다.

자살은 그들의 종교에 위배되는 것이다. 그들은 공범이 될
수 없다.

그들은 아버지를 파리로 데려오기로 결정했다.

나는 동생 말을 끊는다.

"농담이지?"

"아니!"

"말도 안 돼."

"그래, 말도 안 되지. 그래서 내가 그들에게 말했어. 그 결정은
아버지가 하는 거니까 그들을 설득하는 것도 아버지 몫이라고.
우리가 결정할 일이 아니라고. 아버지와 알아서 해결하라고."

"그들이 어떻게 할까?"

"모르겠어. 그들의 휴대폰 번호를 불러줄게. 나는 더 이상 끼

어들고 싶지 않아. 언니가 잘 말해보든가."

나는 전화번호를 받아 적는다.

조금 이따가 연락할 것이다.

다니엘, 마리옹, 미슐린, 앙리, 아버지의 또 다른 친구들이 나한테 전화를 걸어온다.

어제저녁에 일어난 일을 알고 모두 할 말을 잃는다.

10시다.

나는 앰뷸런스 기사들에게 전화를 건다. 응답기 소리.

스위스 부인의 휴대폰. 응답기 소리.

10시 반, 똑같다.

11시, 아무 연락이 없다.

서성거리다 소파에 앉았다가 다시 일어나고 또 앉는다.

나는 2분마다 휴대폰이 꺼져 있는 건 아닌지, 배터리가 방전된 건 아닌지, 벨 소리가 죽어 있는 건 아닌지 확인한다.

휴대폰을 열 때마다 화면 배경에 나타나는 얼굴, 화창한 오후 거실에서 찍은 세르주의 사진이다.

이제부터는 이 사진을 볼 때마다 이날의 우울한 아침이 생각날 것이다.

그래서 다 끝나면 나는 사진을 삭제할 것이다.

11시 반. 무슨 일이 일어나고 있는 걸까?

아버지는 아파트에 도착했을까? 아니면 파리로 돌아오는 중일까?

어떻게 알아보지?

휴대폰이 울려서 벌떡 일어난다.

G. M.의 목소리.

아니요, 소식 없어요.

나는 어제저녁에 있었던 끔찍한 일을 짤막하게 얘기한다.

G. M.이 뭐라고 어물어물하는데 귀에 들어오는 말이 있다. **자기가 아는 사람들이 경찰에 알렸을 것이라고.** 그리고 G. M.은 전화를 끊는다.

우리를 밀고한 사람이 G. M.이라면?

짧은 머리의 형사가 한 말이 떠오른다. **추측하기 어렵지 않은 사람일 텐데요.**

파스칼은 몇 달 전 같은 경찰서에 G. M.이 아버지에게 접근하지 못하게 해달라고 신고했었다.

나는 G. M.이라고 확신한다.

나는 파스칼에게 전부 다 얘기한다. 동생도 나와 같은 생각이다.

두세 번의 통화, 그의 말들을 종합하면서 우리는 G. M.이라고 확신한다.

우리를 고발한 사람은 G. M.이다.

복수하려고? 떨어져 있게 한 것에 대한 분풀이? 아버지에 대한 사랑 때문에? 같이 따라가지 못해서?

어쨌든 비열하다.

정오. 여전히 아무 연락이 없다.

나는 소파에 책상다리를 하고 앉아 있다. 다리에 쥐가 나지만 움직이지 않는다. 텔레비전 디코더*의 빨간 숫자를 쳐다본다. 시간이 가고 있다. 그 바로 위, 텔레비전 수상기의 시커먼 액정에 꼼짝 않고 있는 내 모습이 비친다.

13시. 나는 다리를 푼다. 무릎과 발목이 아프다. 아파트는 넓다. 휴대폰을 들고 다니면 되지만 나는 소파에서 움직이지 않는다.

내가 갈 데가 어디도 없는 것 같다.

내가 잠이 들었나? 14시 30분이다.

「**형사 데릭****」 방송이 방금 끝났을 것이다. 아버지는 클리닉에서도 방송을 놓친 적이 거의 없었다.

내 머릿속에 아버지가 휘파람으로 따라 부르는 타이틀뮤직이 울린다.

내 휴대폰이 울린다. 긴 번호가 뜬다.

스위스 부인.

---

*   유료 텔레비전 방송에 사용하는 잡음 제거 장치로 일종의 셋톱박스.

**   독일 형사 시리즈물.

"마담 베르네임?"

네.

"다 잘됐어요."

나는 벌떡 일어난다. 머리가 핑 돈다.

"아버님은 기분이 좋았고, 첫 번째 약물을 드셨고, 두 번째 약물은 맛이 쓰다면서 샴페인을 더 좋아한다고 말씀하셨어요. 우리는 베토벤의 현악4중주를 틀어놓았고, 아버님은 잠드셨어요. 그리고…… 당신의 메시지를 받았어요. 여기 올 필요 없습니다. 경찰이 왔다 갔고, 장례 회사도 왔고 절차는 끝났습니다. 다 잘됐어요. 다 끝났어요."

"아버지가 돌아가실 때 곁에 계셨어요?"

"네, 내가 손을 잡아드렸어요. 왼손."

눈물이 볼을 타고 흘러내린다.

그래서 나는 전화를 끊는다.

그리고 나는 파스칼에게 전화한다.

내 동생.

"지금 갈게." 소설은 아버지가 응급실로 실려 갔다고 알리는 동생 파스칼의 전화에 베르네임이 답하는 말로 시작된다(소설의 마지막도 파스칼에게 전화하는 것으로 끝난다). 기다려야 하는 엘리베이터, 깜박 잊은 콘택트렌즈, 택시 정류장의 긴 줄, 지하철, 불안, 진하게 풍기는 커피 향기……. 병원 응급실에 이르기까지의 이동 경로가 길게 묘사된다. 독자는 처음 몇 페이지에서부터 공황 상태에 빠진 베르네임의 현재로 빠져든다. 1인칭시점과 현재시제로 현실을 생중계하는 것처럼 긴장감을 고조시킨 까닭이다.

엠마뉘엘 베르네임은 시나리오 작가답게 영화에서처럼 아무런 설명 없이 즉각적으로 이미지를 보여주는 서술 방식을 택한다. 영화적 서술은 독자에게 역동적이고 능동적인 해석을 요구할 뿐만 아니라 폭넓은 의미망을 형성할 수 있기 때문이다.

뇌혈관 사고로 반신불수에 언어장애까지 온 아버지. 그동안 건강에 많은 문제가 있었지만 늘 병을 털고 일어나던 아버지가 이번에는 회복을 원치 않고 죽고 싶어 한다. 그토록 생명력이 강하던 아버지가 이제는 반쪽의 몸으로 살아 있기보다 차라리 죽음을 택하겠다고 말한다. 다시 말해 '품위 있게 죽을 권리'를 선택한 것이다. 그래서 법적으로 안락사를 허용하지 않는 프랑스를 떠나 스위스로 떠날 결심을 한다.

하지만 환자 자신이 아무리 열망해도 죽는 것은 그리 간단하지 않다. 많은 난관이 있다. 가족, 변호사, 경찰, 의사, 앰뷸런스 기사, 지인의 증언이 있으면 두 딸에게는 징역 5년 형의 구조의무 위반죄가 적용될 수 있다.

지금까지 발표한 다섯 권의 소설에서 사용한 3인칭 관찰자 시점을 버리고 1인칭으로 아주 개인적인 이야기를 쓰게 된 이유를 묻자 작가는 이렇게 답한다.

"나는 어떤 욕망이 느껴져야 글을 씁니다. 아버지가 9월 27일

뇌혈관 사고로 쓰러졌을 때는 1년 전부터 다른 계획을 세우고 있었어요. 그러다 6월 11일 아버지가 숨을 거두었고, 그때만 해도 나는 글을 쓸 생각이 없었어요. 너무 견디기 힘든 시간이었으니까요. 내 아버지에 대한 가슴 아픈 글을 쓴다는 것이……배신인 것 같았고, 그래서 모든 걸 놔버렸지요. 그러다 아버지를 다시 보고 싶은 욕망에서 이 작품을 쓰게 되었죠. 법적인 문제로 나는 죽으러 가는 아버지와 스위스까지 동행할 수 없었어요. 다 끝난 뒤에도 아버지를 보러 가지 못했어요. 그래서 나는 아버지의 죽음을 도둑맞았다는 느낌이 들었지요. 글을 쓰는 것이 내 이야기를 온전히 내 것으로 만드는 하나의 방법이었어요."

옮긴이도 몇 해 전 어머니를 떠나보냈다. 중환자실을 오가며 익숙해진 의학용어들을 다시 접하며 순간순간 내 어머니와 작가의 아버지가 오버랩되었다. '의미 없는 생명 연장'을 원치 않는다고 누누이 말하던 어머니였지만 결정은 쉽지 않았다. 어떻게 해야 죽음을 잘 맞이하는 것일까, 어떻게 하는 것이 어머니를 잘 떠나보내는 것일까? 정답은 없을 것이다.

작가의 아픔인지, 내 아픔인지 모를 정도의 감정이입 때문에 눈시울이 뜨거워지고 가슴이 먹먹하다. 한 생명을 떠나보내는 것은 정말 힘든 일이다. 특히 가족의 생명일 때는 머리가 차가워지지 않는다. 가슴이 냉철해지지 않는다. 나는 끊임없이 나 자신의 죽음에 대입해본다. 나라면?

'존엄사'란 인공심폐기나 인공영양 호스와 같은 의료기계에 의존해야만 하는 무의미한 생명 연장을 중단하는 것으로 정의된다. 품위 있게 죽을 수 있도록 도와야 한다는 것이 존엄사의 기본 내용이다.

적극적인 의미의 안락사 허용국은 네덜란드와 벨기에, 미국의 오리건주뿐이다. 스웨덴, 핀란드, 노르웨이 등은 법적으로 인정하지 않지만 의사가 말기 환자의 죽음을 돕더라도 처벌하지 않아 사실상 안락사를 인정하고 있다.

스위스에는 네 곳의 안락사 지원 전문병원이 있다. 라틴어로 '존엄'을 뜻하는 '디그니타스' 안락사 지원 병원은 유일하게 외국인을 받는 곳이다. 엠마뉘엘 베르네임의 자전소설 출간 2년 후인 2015년 3월, 프랑스 하원은 말기 환자에게 진정제를 투여해 수면 상태에서 숨질 수 있게 하는 '안락사' 법안을 통과시켰다.

견딜 수 없는 고통 속에 놓인 사람들에게 '죽을 권리'를 허용해야 한다는 목소리가 더욱 높아지고 있지만, 살아 있는 생명의 목숨을 의사의 처방에 따라 끊는 것은 생명의 존엄성에 위배된다는 반대의 목소리도 여전히 크다.

최근 우리나라에서도 국가생명윤리심의위원회가 무의미한 연명 치료 중단을 입법화하자는 권고안을 내놓았다. 이후 찬반 논란이 뜨겁게 일고 있는 가운데, 여러 가지 부작용 우려를 없애기 위한 해법으로 '사전의료의향서' 작성을 제안했다. 사전의료의향서란 환자가 받고 싶은 의료행위와 받고 싶지 않은 의료행위를 미리 선택해서 문서로 남기는 것이다.

다 잘된 거야

초판 1쇄 2016년 1월 5일
지은이 엠마뉘엘 베르네임 | **옮긴이** 이원희
펴낸이 박진숙 | **펴낸곳** 작가정신
편집 김서연 김나리 | **디자인** 장우성
마케팅 김미숙 | **디지털컨텐츠** 김영란 | **관리** 윤서현

주소 10881 경기도 파주시 문발로 207
전화 031-955-6230 | **팩스** 031-944-2858 | **이메일** editor@jakka.co.kr
블로그 blog.naver.com/jakkapub | **출판등록** 1987년 11월 14일 제1-537호

ISBN 978-89-7288-647-1 03860

이 도서의 국립중앙도서관 출판시도서목록(CIP)은 서지정보유통지원시스템 홈페이지(http://seoji.nl.go.kr)
와 국가자료공동목록시스템(http://www.nl.go.kr/kolisnet)에서 이용하실 수 있습니다.
(CIP제어번호 : CIP2015034861)